你是一棵
吉祥草

安谅 著

百花洲文艺出版社
BAIHUAZHOU LITERATURE AND ART PRESS

图书在版编目（CIP）数据

你是一棵吉祥草 / 安谅著. —— 南昌：百花洲文艺出版社，2022.12
ISBN 978-7-5500-2134-1

Ⅰ.①你… Ⅱ.①安… Ⅲ.①短篇小说 - 小说集 - 中国 - 当代
Ⅳ.①I247.7

中国版本图书馆CIP数据核字（2022）第208897号

你是一棵吉祥草
NI SHI YI KE JIXIANGCAO

安谅　著

出 版 人	陈　波
责任编辑	郝玮刚　蔡央扬
书籍设计	黄敏俊
制　　作	何　丹
出版发行	百花洲文艺出版社
社　　址	南昌市红谷滩区世贸路898号博能中心一期A座20楼
邮　　编	330038
经　　销	全国新华书店
印　　刷	江西润达印务有限公司
开　　本	720mm×1000mm 1/32　印张　8
版　　次	2023年3月第1版第1次印刷
字　　数	174千字
书　　号	ISBN 978-7-5500-2134-1
定　　价	39.80元

赣版权登字：05-2022-227

邮购联系　0791-86895108
网　　址　http://www.bhzwy.com
图书若有印装错误，影响阅读，可向承印厂联系调换。

代序

微型小说里的微言大义

邱华栋

安谅《你是一棵吉祥草》是他的《明人日记》系列选编，里面的80篇所谓日记，以明人之眼，扫射涵盖职场、家庭、休闲、读书等，可见到人生百态。虽言"日记"，实则是一个个虚实相间的短小说，每一篇都是个五脏俱全的小麻雀，又篇篇不同，发出叽叽啾啾的复调之音。因此在微型小说这种文体上，安谅为当代文学提供了一个非常好的文本，也丰富了这种文体的延展性。

安谅的微型小说非常有识别度，读起来非常亲切，搁在枕头边、沙发边，或者轻巧温柔地蹲在一摞沉重的辞典上，让我随时都能够拿起翻开来，读一篇进去，享受流丽密集的审美感受。

我认为读这本书，不需要正襟危坐，因为《你是一棵吉祥草》非常具有亲和力。它是一本与你我的日常喜怒、得失、荣辱都将产生联系的书，因为它的日常性，我们可以随时进入，自然也可以毫无负担地离开，等待下一次再次展开它。如果有人看过我读书的样子，我可能都是眉头锁着或至少是面色严肃地看长篇小说，但阅读这种来自一个作者生活，明确的个人视角的微型小说，我却时常会有欣快之感与会心之感。

安谅的写作当下体现出非常独特的品质，就是作家对自我和他者之间的关系的把握，非常难得。这本书中的很多篇目仔细看去，都能发现其中蕴含作家浓厚的自我意识。许多作家会说自己为了苍生写作、为了未来写作，但恰恰缺失了自己——谁都需要诚实地面对自己。另外，在一个短视频、短博客（微博）火爆的时代，文字的传递效能要面对前所未有的挑战。这不仅是对文字功能的一种要求，还是对作家的提醒：我们不能够拒绝读者，需要友善地对待写作这项劳作的期待视域。自然，深沉漫长的文字有其永恒的价值，但简短的微言大义却是一种主动敞开自己与读者更为平等的交流姿态。明人的这些精致的小说就非常贴近生活，贴近普通人的心灵，因此，他的小说就不仅能够传递信息，还力图让大多数人都能从中直接感悟到微言大义的力量。

写作短小说的人，不可能不从《世说新语》《聊斋志异》中转益多师，而欧·亨利、契诃夫、巴别尔也都为我们展示了现代小说的杰出技术。不论是谁，都足以在写作者的头脑里横亘出一片连绵的山脉，遥远地伏在那里，成为不可忽视的标准。安谅有这样的文学史的自觉意识，我想他的良苦用心融合到了小说技法之中。

小说中，明人有一个大致的社会形象——公务员、文化人、宽和之人、平凡之人。有时候觉得他真是平凡啊，是一个会不好意思拒绝健身房有偿指导的尴尬人，有时候是一个对局势洞若观火的明白人，有时候还是个犯过一点错误却羞于启齿道歉的糊涂人，也是一个会劝年轻人体谅父母心情的老好人……其实不乏黑色幽默，但更多的还是温情，与他的名字一样，内心的安宁坦然与谅解宽宥的人生态度皆不可或缺。一句话，明人这个人物在践行平淡却理想的生活方式。

我非常喜欢的几篇刻画了许多个底层的、普通的、不起眼儿的，甚至形象还有些许不雅的市井小人物，我认为恰好是这些篇目里的"俗世奇人"组成了安谅小说序列里的"新语"和"志异"。他们的名字也许你张嘴就忘，也许你回忆不起他们的面目，但这些人就像少林寺里不显山不露水的扫地僧，有自己的绝活儿，当然更有自己的底线。人做到这份儿上，才真正叫作返璞归真。

文学即人学。安谅不写历史的大变迁，人性的大悲恸，他就写普通人的一个个小表情，字里行间、举重若轻。我们是不是要责备他不够宏大，不够复杂，不够戏剧化？如卢梭所说："在人类所有的知识中，最有用却又最不完善的，就是关于人的知识。"我们在面对有关"人"的终极问题时，简明的界定性语言显得这样捉襟见肘。有这样的一个个人物托举着，社会的运转才真正有序。

明人是一个历史的见证者、参与者，但不是什么扭转者、缔造者。一个人的"高度"也许可以用"成功"这把粗糙的尺子量出来，但人生的宽度和深度是不可以去计算的，也不可能预测和设计，只能够去感知、追慕，安谅的写作其实非常直观地在传达这种内核。因此可以说，他不以"高度"区分读者，每一种文化层次和文化需求的读者都可以在这里找到属于自己的故事。

安谅默默写作时那种沉静的状态和稳定的心态，其实溢出了历史进程里无法被归纳的感觉。历史的前行虽然由勇士引领，但要依靠平凡、怯弱甚至蠢笨的心灵托举，这些心灵互相调试，最后组成的总是大部分人都会选择的"善"与"正"的道路，就这份儿微小的坚持要比天才的爱恨情仇贵重得多。也许可以指望的是，"安然"和"谅解"能够被习得吧。安谅已经创造出这么多的好小说，为读者展示了人生的"宽"与"深"，那么，他还将带给我们更多的惊喜。

（邱华栋，著名作家，中国作家协会书记处书记）

目录

第一辑

马的变幻

"和尚"归来

　　"和尚"是明人的初中同学。其相貌俊朗，面如白玉。落下这个绰号，首先源于他上中学时，自己不小心砸破了头，缝了好多针，头发自然都被剃尽了，那模样与和尚还真挺相像。之后被愈叫愈甚，就是本故事的内容了。

　　疫情得到控制后的5月，上海，是春风骀荡的好日子。柳兄来电了，说："近期有空，老同学们聚聚？"明人道："怎么，憋得难受了？"柳兄也倒直爽："此其一，另外，就是'和尚'回来了，也想和大家聚聚。""他不是去日本了吗？回来了？"明人纳闷。"没错，他回来了，听说已居家隔离了14天，现在都过一周了。"柳兄的回答，驱散了明人心中一半的乌云。另一半是，这"和尚"，此时回来干啥？明人与他已有十多年没见了。

　　那十多年前的一幕，仿佛还在眼前。那天，"和尚"给明人发来短信，说："有一个挺不错的项目，在西藏的，你愿意投资吗？"明人没听明白是什么项目，但这"和尚"募捐的嗜好，明人是亲眼看见，最早也是亲身经历的。"和尚"募捐的某种"端倪"，也是明人最早敏感发现的。虽非涉及道德甚至法律层面，但他似乎随心所欲，因此结果不妙的情状，还是时有发生的。

初中时，班里竞选班长，脑袋被缝了针的"和尚"动心了。他私下找了好几位同学，也找了担任副班长的明人，说服他们都支持他。他说他爸是当官的（后来知道，是一家街道道路养护公司的老总），他也有当官的素质。他当班长，准能让班里活动搞得生气勃勃的，把其他班甩出几条大马路。他说得铿锵有力，那光头贼亮，加之还有一块比胎记更深的疤痕，很多人被他忽悠了。最后，他未能如愿，只担任了班里的生活委员。他也乐呵呵地干着，第一件事，就是为柳兄募捐，他说"柳兄父母离异，平常生活拮据，我们应该解囊，给他一点支持"。他带头拿出了十块钱纸币（那时，不是一个小数目），还真有些人也跟着掏出了一些纸币和硬币。可柳兄知道了，不仅分文未收，还一点不领情，对他破口大骂。

明人明白，这柳兄是不想使家里的隐私，因这好友所谓的好心而曝光，他的自尊受伤了，很长一段时间，他们这两位好伙伴没有说话。

毕业之后，这"和尚"又干过几件募捐的事，明人忙于公务，也无心过问，这项目那项目的也就从不参与，"和尚"还专程找到明人家。明人调侃"和尚"："投资我不行，若是募捐帮助有困难的人，我可以拿一点。""和尚"也不好意思地笑了："不好意思、不好意思，这次不募捐、不募捐！"这回，"和尚"又归来了，其又会出何主意呢？

5月的一天，他们同学聚会了。这"和尚"偏偏没来。同学来得多，也不介意多一人少一人，他们聊得也挺欢。明人问过召集者柳兄，柳兄说："'和尚'说自己临时出差，赶不来了，向大家致歉。"新同学微信群又建立了，"和尚"也被邀请入群。入群的第一天，他竟又向大家发出了募捐的号召。他也不说捐款去向，只是说，请相信他，有人需要帮助，能出多少出多少，都是一份心。至于是怎么回事，请容许他暂不透露。这样的募捐谁会相信呢？何况"和尚"微信的牌子并不坚挺呀！私下里有人嘀咕，场面上，也少有人搭腔，只有柳兄出于友情，可能也想到当年"和尚"的一番好意和真情，首先捐了一千元。也有两三人跟着，但群里冷漠的氛围，还是充盈弥漫。

明人不敢贸然表态和行动，他专门找了柳兄，也打通了"和尚"的电话。"和尚"才"挤出"一点信息来："有位我们中间的人正与病魔斗争中，急需医疗费，恕我暂不说出他是谁了。因为病人他不让说，更不知道我在募捐。也请你保密。"他说得那么急切，都快哭出声了。

明人思忖片刻，也在群里捐出了两千元。他凭直觉，还有这么多年的了解——这"和尚"有点迂，但骨子里还是善人——相信"和尚"。同学们也跟着纷纷解囊了。

那一天，"和尚"把他们好久未联系的班主任老师，也邀请入群。老师八十有余了。他一入群，就感谢同学们，说他之后才知道，他们都为他捐款了，及时解决了他的医疗费。他说"小寿特地从日本回来看望我，得知我生病，几乎天天陪在我身边。你们同学聚会，他都借口出差了"。他真感激不尽。

小寿，小寿是谁？明人纳闷了一阵，才想起是"和尚"。

"和尚"也"亮相"了,有点羞羞答答:"应该感恩老师,也感恩同学们,给过我帮助,我平生当的最大官,生活委员,就是你们封的。谢谢老师、同学。我总想为大家做点事呀。"

后来同学们都去探望了班主任。班主任恢复得面色红润,精神不赖。

明人赞叹,"和尚"归来的这一次募捐,相当成功呀!

外婆的汤婆子

小外甥进屋后，就直嘀咕："外婆又没开空调呀，冷煞了，冷煞了。"边说着，边搓着手，缩着肩脖，求饶似的看着明人。

这个小外甥昵称葫芦娃，是明人姐姐的儿子，也是明人母亲十分疼爱的孩子，一天不见这小外孙，她就刨根问底的，郁郁寡欢。葫芦娃正上小学。平常也爱往外婆家跑，外婆疼他呀，何况他爸妈管他挺严的，单位工作又忙碌的，老是双双各自出差。外婆对他宠爱有加，几乎百依百顺，在外婆这他喜滋滋地想干啥就干啥，像个小鸟一般快乐。

不过，一到冬天，葫芦娃就受不了了。这么寒冷的天气，外婆就是不开空调。家里装着暖气的，是蛮先进的连着天然气热水器的暖气片。为保持屋内有足够舒适的湿度，明人还购置了一台进口加湿器，兼有空气净化功能。可老人家就是不愿开暖气。葫芦娃怕冷，每次提出要打开暖气，都被外婆制止了。她的理由很简单："这东西浪费钱不说，还搞得人喉咙干干的，摆设！""可是天气实在太冷了，我坐都坐不住呀！"葫芦娃头一扭，嘴上像挂着个葫芦了。"你可以多动动呀，小孩子老坐着不好，你看外婆岁数这么大了，还不是每天坚持走千步，这里碰碰，那里摸摸的？走走忙忙，就不感觉冷了。""这不是一回事，我要静下心来做作业！"葫芦娃据理力争。"那好呀，把我的汤婆子灌满水，揣在衣服里，绝对毫无问题！"外婆又提到了她的宝贝汤婆子，葫芦娃早就耳朵生出茧子了，他自认倒霉似的说："好吧，好吧，你不用开暖气，我也不用你的汤婆子。我忍、忍、忍，我忍出个忍者神龟。"他随意地说着，把明人的加厚风衣，裹在自己的滑雪衫外边，蜷缩在沙发一隅，玩起了手机。那模样让人忍俊不禁。

外婆还真把汤婆子灌满了开水，给他递来了。铜质的汤婆子，已有些年代了，上边原有的花纹，有点已磨平了，也有好几圈发亮处，可以想见，外婆与其相处的密切与久远。但葫芦娃推开了它。他鼻子哼哼着，这种早该淘汰的东西，自己才不碰呢！明人瞪视了他一眼，随即看看老人家，老人家脸无异常，估计她耳背，没听见这话，要不会伤心的。明人赶紧从老人家的怀里，接过了这个汤婆子："让我用一会吧，多暖和呀！"他瞥见老人家眼里闪过的一丝笑意。而葫芦娃却是一脸不屑的神情。

傍晚，晚餐还没开饭，只见老人在东找西找的，眼中时不时露出茫然和疑惑之色。明人忙问老人家："您在找什么呀？"老人家只是摇着头，带着一种焦虑，说："不可能、不可能，怎么就会找不见了呢？"明人又追问了几句，老人家才说清楚："我的汤婆子，不知放哪了！"这汤婆子白天还在的，怎么会丢了呢？明人也不相信，在床上被褥里、在沙发枕垫下，都翻找着。直到葫芦娃也回来吃晚饭了，那只汤婆子还不见影踪。

"找不到就不找了呗。这下可以开暖气了吧，外婆，舅舅，对哦？"外婆和明人还在焦急之中，这小家伙倒得意起来，这让明人顿生警觉。

这一餐晚饭，老人家吃得也不安心。任凭葫芦娃怎么说汤婆子过时，老人家就是不接他的茬。她只是不断说，没有汤婆子不行，要找到它，找到它。

夜深了，天气也愈发寒凉了。明人说服老人家终于把暖气打开了。葫芦娃躲进了小屋，兴高采烈，一副赢者姿态。明人也跟着进了屋。他心里业已透亮。他要与这小外甥好好聊聊。

他告诉小外甥，这汤婆子，是外婆的陪嫁物。当年困难时期，家里困难拮据，变卖了不少值钱的东西，但这一件，外婆迟迟不肯出手。他说，这汤婆子还救过葫芦娃妈妈的命。"救过我妈的命？"葫芦娃一脸不信。明人说："不错，那年冬天，外婆怀着你妈，一人在家，不知怎么就跌倒了，躺在地上，好半天爬不起来。那是隆冬季节，水泥地板是多么冰冷呀，幸亏她手里紧紧抓着这汤婆子，把身子努力靠着它，实在撑不住了，她无措中把汤婆子的盖慢慢旋开，取出塞子，凑上嘴，艰难地、歪歪斜斜地吮吸了几口热水，人才渐渐缓过神来，慢慢坐正了身子，抓了几件衣服垫在了屁股下边。直到外公下班回家，外婆才由他急送医院。你妈妈两天后就出生了。医生说，如果外婆在这地板上再多昏迷几分钟，这婴儿就危险了。所以，外婆把这汤婆子视为她的福袋，甚至是救命物的。"葫芦娃听了，好半天没吱声。

那晚，明人看见葫芦娃小心将那只汤婆子注满了热水，轻声叩开了外婆的卧室门。他们谈了很久。

从虚掩着的门的缝隙看去，老人家搂抱着汤婆子，凝视小外孙的目光和神情，是惬意而祥和的。而其他屋子里，暖气氤氲，也如春一般温煦……

孪生兄弟

"明叔叔，您印度有熟人吗？"手机显示的是小罗号码，听嗓音也是小罗。明人也就直呼其名了："罗信呀，有什么事吗？"说实话，大罗小罗兄弟俩一同出现在眼前，他还会一时迷糊，两人长得太相像了，完全是一个模子里铸出来的：一样的身型，一样的面庞，一样的五官，都英俊帅气，透着一种干练精明。只是细听他们的声音，还是可以迅疾辨识。略显浑厚，说话轻声慢语的，就是小罗了。加上手机上加了标注了，就错不了了。

小罗的声音比往常更显低沉、急促。想象得出他此时的神情焦虑。他说，父亲在印度，他实在放心不下，想当地有什么熟人，能多了解真实的情况，方便时还对父亲有个照应。

老罗是明人的老同学，很早就下海了，在印度有工厂，之前效益一直不错。去年新冠疫情暴发，他的工厂还继续生产了一段时间，两个月前，印度疫情严峻，他只身去了那边。听说大罗小罗都想陪他同去的，老罗拒绝了，说那里危险，去他一人就足够了，小罗说，工厂现在已完全停工，厂里工人也有感染上的，父亲坚持留在厂内，也坚决不让他们过去。小罗说，他忐忑不安，为父亲担忧。

明人找到了熟人。约了小罗在茶坊里小坐一聊。小罗脸瘦了一圈，愁容满面。他说他这几个月茶饭不思，睡不安稳，就是担心在印度的父亲。只要听到印度的疫情严重的消息，就揪心似的难受。虽然有手机视频，父亲也劝他们放心，自己会平安无事的，他还是心神不定。明人劝慰了他几句。也知道他和大罗，在替父亲打理上海的工厂，不敢掉以轻心，以免令父亲再添忧分神。明人拍了拍小罗的臂膀，以表示安抚。

当天晚上，在一家商场的门口，明人又碰上了大罗，罗诚。大罗看到明人，先自开了口，自报是大罗。明人听声音，尖细却快节奏，便立马对上了。明人来此，是要买个生日礼物送友人。大罗则说，他与一拨朋友常在这聚，是一家专门做海鲜的，号称是沪上最昂贵，也最美味的，天天爆满。商厦顶层还有一家KTV，音响设施也是最豪华、最现代的，他们酒后，还到那里玩，常常玩得通宵达旦。他说"明叔叔感兴趣，可以一起来玩，挺刺激的"。

明人笑笑："谢谢啦，我就不参加了。你们玩得开心。"他刚想提到老罗，"你爸爸……"话还未说完，大罗就打断了他："我爸爸蛮好的。"说完，就向明人挥挥手，说，那拨朋友正等着，他先去了。明人也摆了摆手，看着大罗的背影远去，感觉与小罗像，又不像。

其间，明人还到老罗的上海厂家参观过。厂里生产秩序井然，经营业绩也比往年上扬。小罗全身心扑在工厂里，许多应酬活动，都推了。他说他没这心思，想到父亲在印度，他就更无闲情逸致。明人在工厂食堂吃的便餐，是平平常常的一个套餐，明人吃得不多，剔去了大半米饭和一个荤菜，还是小伙子的小罗，吃得更少，就喝了点汤，吃了一个菜包子。他说他真没胃口，真担心父亲处境艰难，又不和他们说真话。

明人与老罗也通过电话。老罗说他正在与印方交涉停工补偿的事，这是双方合同明确的。明人说："小罗挺担心你的。"他说他知道的，这孩子长大，懂事了。说到大罗，他沉默片刻，说："没想到，这场疫情，促使我决定了一个犹豫不决的大事。"他没提具体什么大事。明人叮嘱他，务必多保重。

那天，老罗从印度回来，隔离期满后，邀明人小聚。大罗小罗也在席，他宣布说，他六十虚岁了，决定退位了。他把企业的经营管理权交给小罗，让小罗放手干，好好干。大罗可以辅佐小罗，也可以自立门户去创业，一切自行决定。说完，他长长地吁了口气，像是刚刚完成了一件重大任务。

大罗小罗都不吭声。可能他们还一时没反应过来。

明人了然于胸。在此之前，老罗发了一段文言文给他。

那是《世说新语》的一则故事。寥寥几行字，颇值咀嚼："王仆射在江州，为殷、桓所逐，奔窜豫章，存亡未测。王绥在都，既忧戚在貌，居处饮食，每事有降，时人谓为'试守孝子'。"

那天寒潮

寒潮来袭，天地间冰窖一般。明人匆匆进入办公楼，还是一样的冷冽。怎么回事？他还未启口，一旁长厚大衣裹身的物业经理就主动说道："空调设备坏了，早上设备间都水漫金山了，正通知抢修。不好意思。"他带着一番歉意，仿佛这是他惹出的祸。"是寒潮原因吧，那抓紧修吧。"明人说了一句，也算是表示理解，便赶紧上楼了，上午还有一个会议，另有一大堆事务，等着他处理呢。现在作为一把手，事无巨细，都得操心呀。

办公室也是冰天雪地一般寒冷。他只能关紧了门窗，把滑雪衫都穿在身上了，就差帽子没扣上了，他是想扣上的，不过，办公室人进人出的，这种形象似有点夸张和不适合，他遂打消了这个念头。

开会时间到了。这是一个职工代表座谈会，与会者不少都是平素聊得少的年轻人。这是明人特意为之的。年底了，他想与他们聊聊，多听听他们意见。会议室也挺冷的，幸亏搁了一只取暖器，温度略升。明人觉得还可以抵挡。他直奔主题，开诚布公地与大家交流着，有好几位年轻人坐不住了，有的在不停地搓手，轻轻地跺脚，也有的在窃窃私语。有一位刚轮到发言，便直截了当地说："这物业管得也太差劲了，这么冷，空调都坏了。至少应该多备些取暖器吧，这费用总可以花吧？"他一说完，有的人就死劲点头，不用说，这话说到他心坎上了。也有人轻声嘀咕了一句："这么冷，还不如让大家回家休息呢。"随后，自己嘿嘿笑了几声，透出那么一点羞怯来。都明白他是随便说说的，也没人附和。

明人开口了："其实呀，今天这寒潮加空调休克，倒让我回到了童年少年。"他想调节一下气氛，也是有感而发。大家都被这话吸引住了。"因为，这让我回到了那个年代，那时没见空调，也没取暖器。冬天上课，课堂里冷得瑟瑟发抖。半个冬天过来，耳朵和手脚上，就长上了冻疮，又肿又痛的，有时还奇痒难忍。可是，即便如此，我们都挺过来了，学习得也很快乐。"

有人笑了。还有人轻声咕噜了一句："是忆苦思甜呀。"

明人笑了。年轻人还挺率真的。他说大家也可以围绕这个话题，各抒己见呀。在座的都可以说。

行政部常部长先发言了："领导说得对。年轻人可还是要知福惜福，我们是在困难时期出生的，那时连吃都吃不饱，其他的就更不用说了。"

他顿了顿，又说："哎，我让你们猜猜，这是派什么用场的？"他从上衣口袋里掏出两张相片，给大家传阅。传到明人手上时，明人心里"哦"了一声。

有位九〇后的帅小伙子犹犹疑疑地说："这是，妇女用品？"那些年长些的，包括明人，都笑了。常部长笑得最得意。他一定认为他这个题目出得好，叫让领导满意，也让这些年轻人受受教育。又有一位二十世纪八十年代出生的女孩开腔了："这是用来背孩子的吧。"这下，又引来一番哄堂大笑。连那女孩也被笑得脸色绯红，知道肯定猜错了，又不知这究竟为何物。

最后解谜的是明人。他说这个叫假领子的东西，他们少时都戴过，长辈们更不用说了。这东西最重要的是省布料，当年布料多紧张呀，每家每户都是要凭票供应的。这个戴上了照样蛮挺括的，也好洗。这应该是上海人独特的发明。

常部长紧跟着说："是呀，你看你们现在年轻人，多富裕呀，要什么有什么，稍微冷一点点，就忍受不了。"

那位九〇后的帅小伙子接过话头，说："也不能说我们都忍受不了，既然有了这些现代的科技发明，我们就要充分享用，这也是物尽其用，也更有利于更新更好的发展呀。"男孩话音刚落，那八〇后的女孩随即发言："常部长，我也给您看样东西，您知道是什么吗？"说着，她从口袋里掏出一个白色的小玩意，并揿动了按钮，东西上方出现了一个"心"字的光环。常部长接过去，反复察看，脸上一片懵懂。可他嘴上还振振有词："谁知道这是什么东西。这类新鲜玩意儿太多了。"

"哈哈哈，常部长不是说要学习吗？社会发展日新月异，这些东西也总得要见识和使用吧？你总不会今天还戴着假领子，不愿穿衬衣吧？"小姑娘牙尖嘴利，说得头头是道。

不过，即便是明人也猜不出这白色的小玩意儿是什么，他也总觉得要替常部长说些什么，毕竟他们是同龄人呀。

在获悉这个是某权威单位最新研究推出的心血管病的治疗器后，

明人谈了自己的观点。主要内容，他以为，还是对年轻人的谆谆教诲。在座的，包括年轻人，都给予了热烈掌声，也多少驱逐了一丝寒凛，还有对年轻人的担忧。

会后，明人还是收到了行政部的一份报告，是申请紧急购买一批取暖器的报告。附页是各处室的意见呼吁。他皱了皱眉，就偶尔那么几天都熬不住呀，现在的年轻人，也太"那个"了……他把后边几个字吞咽了下去。最后，还是在报告上画圈同意了。

晚上到家，房内一片阴冷。他看了暖气片和温度计，暖气没开足，温度只有十来度。他叹了口气。

老母亲迎上来。明人说："多冷呀，不能把空调开大吗？"他知道母亲宁愿用汤婆子，宁愿多加衣，也不愿开空调的。她怕多耗电，当然，也有点不习惯。他还是这么说了。老母亲回道："以前没有空调，不也一样过吗？现在条件好了，开一点就够了。不要忘本哦！"明人听了，想辩驳几句，忽然想起白日的情景，中年人、青年人的一番争论，便哑然失笑了。

保姆找东家

"你老父亲快八十了吧？还出诊吗？"明人啜饮了一口有点烫的菊普，顿了顿，向对面的L兄问道。"你还记得我老爸呀？他这两年手脚不灵活，也不接诊了。就在家里待着了。"L兄回道。"他的医术挺高超的，我记得小时候找他看病的人不少呢。有的还是从乡下慕名赶来的。"明人由衷地说道。"是呀，我老爸今不如昔了，自己也老了，有点老年痴呆了，以前，他为我们忙，现在，轮到我为他操心了。"L兄神情带点忧愁和无奈。"你工作也挺忙的，没安排人照顾吗？"Q兄插言道，还说，"我就给我妈找了个保姆。哦，不是一个，是一打呢。"说完，他自己先抿嘴笑了。"怎么是一打？我找一个，我老爸都不接受，这半年总算有条件地服从了。"L兄苦涩地一笑，"他说，这保姆必须每天回自己家住，必须是浙江人，哦，我老爸是浙江丽水人。而且，人要干净，每两个月要做一次体检，体检费由我来付……我说行行行，只要有人陪着你，我就踏实些。""现在怎么样了呢？"明人好奇地发问。家有老母，也刚届八旬，一人居住，明人为她找了保姆，用了一个月，老母嫌开销大，家里多了个外人也不自在，就把保姆婉辞了。明人正忙着给她找第二个呢。他嘱托一位在家政公司工作的老同学，帮忙再找一个"价廉物美"型的。最好会说苏南话的，会唠嗑的人，能把老母的心拴住了，就可以了。

L兄开口回道："我老爸总算接受了钟点工。可每次不到两个月就换一位，现在，已换了四位了。""那你找得够累的。我不用找，这些保姆是排着队上门的，像接龙般。"Q兄说道。

大家的目光都聚焦到了Q兄的脸上。"说起来……"Q兄刚启口，大家都跟着说道："话长呀！"随即，又都大笑起来。这卖关子的老套路，大家都熟透了。Q兄也笑了："我是说，说起来可以话短些。"他狡黠地一咧嘴，又继续说道，"真不是吹的，我给我妈找了个钟点工，挺好的，干事很麻利，还跟着我妈学剪纸，我妈的剪纸手艺就差'非遗'大师的证书了。剪啥像啥，还作为礼品赠送给海外来宾呢！"Q兄的嘴角溢出的是小小得意。"你妈有这么大的能耐，保姆也不用一打吧？"明人又问。"还真是一打。你们别不信呀，第一个保姆干了不久，就推说她家有事，要回趟老家，这钟点工的活儿，她的表妹来替代。表妹来了，也很快拜我妈为师，忙完家务后，跟着我妈学习剪纸了。没过几天，又带了两位做家政的小姐妹来，说是特喜欢我妈的剪纸，都想学一学。过年回家时，也可以露一手，老家有写春联、剪纸的老风俗。"

"那你妈还不赚点学费呀？送上门的学生。"L兄调侃。"这些保姆说，家务活她们一起干，费用就不用了。她们跟着我妈学剪纸，每天就一小时，她们付点学费。我妈怎么肯收呢，人家免费，她也免费呀。她教得蛮开心的，她们也学得很带劲的。我看这个场面，心里挺踏实。老人家腿脚不便，好久不出门了，找点乐子，也可以驱驱寂寞呀。"

"这些保姆，还真有心呀。"明人感叹。"是呀，出来打打工，还能学点手艺，这不是两全其美嘛。"明人想起了鳏寡一人的冯先生。他的保姆是走马灯似的换。都是淮南一个镇上的。后来发现，她们从冯先生处学习淮南小吃的手艺，学了一段时间，都回淮南老街开美食店了。明人把这故事给大家讲了。L兄忽然开悟了什么："我老爸最早用的那位保姆，倒不曾老换，可那位保姆隔三岔五地老带亲朋好友上门，让我爸搭脉诊疗。我爸也不好意思推辞，也不愿意收费。我怕他累了，说我来对她说。我爸说不用不用，一点也不累，好久不问诊了，稍微动动脑子，也是好事。他乐此不疲，保姆也干得挺欢，我也没理由劝阻人家。有一天，我见保姆用手机在通话，对方应该是她的家人。她说她要找的东家，就是这样有实力的人，小毛小病的就不用上医院了，有谁有疑难杂症的，也可以方便诊断。这是多么难得的东家呀，多少钱也未必找得到呀。"L兄搔了搔头皮，说，"现在我明白了，这保姆呀，是有眼光，也用心的。"

L兄说："我是问过家政公司的朋友的。他说'按理保姆到哪家干活，都是我们安排的，一般她们是打探不到客户这些信息的，可她们上了门，渐渐就会有所了解，互相之间也会通气。这时候，她们有点调整，又是合理的，我们也不好横加干涉，他们是愿打愿挨的，除非东家有投诉'。""保姆找东家，能找是自由的，找得到是快乐的，找到而如愿以偿，是幸福的。"Q兄也这么咕噜了一句。

明人说："那我老妈没这些技艺，怎么办呢？"明人一半是真话，一半是调侃地说。

"哎，你妈妈不是有拿手的红烧肉吗？那也是好手艺，真功夫呀。"Q兄L兄不约而同地说。

"这倒也是的，我老妈倒真的也手把手地教过保姆，可这不至于让我老妈像你们爸妈那般，有足够大的吸引力呀。"明人两手一摊，这回说的是真话。

"我不信呀。是明人你有吸引力的地方，没让人发现吧。"L兄说。

"是呀，明人，你一定在家不让透露你的身份吧？"Q兄也说道。

明人沉吟了一会，似是而非地点点头。其实，他从未刻意让家人对保姆隐瞒什么，他觉得这一切都平常得很。他这一介书生，也没什么大用场。

不过三天，老妈对明人说了，保姆安徽老家来人了，说是患了什么病，找了好几家医院没个结果，想让明人帮忙。明人脱口而出："我也不是从医的，怎么找我？""那保姆说，你的哪位同学的老爸，是老中医？"老妈又说了一句。明人一下子蒙了。这保姆怎么知道这一茬的，真够厉害的。如果家里真有什么事，或者怠慢了这些保姆，估计也吃不了兜着走了。他也不好推托了，打了电话给L兄。只能拜托他的老爸辛苦一下了。顺带着，还吐槽了一句："这些保姆，真不可小觑呀。""你刚知道呀！呵呵。"L兄笑得让明人心颤颤的。

此事刚了，保姆又有事了。这回是说她的小外孙，到读小学年龄了，她女儿也在上海打工，所以想拜托东家帮个忙，找一家就近的好学校。她知道明人是个当官的，一定有路子。明人听了，傻愣了半天，这上海的入学，如今算是第一难了，她不知道吗？看到老妈殷殷的眼光，他有点眩晕了。

肉包子

夏日休假的时候，老楚约明人一起到他苏中老家去游玩。明人爽快地答应了。

他感叹道："这也快说了三十年了！"老楚也颇为感慨："那还是我们在大学时就约定的，难道真要拖到退休后，才成行吗？"

明人和老楚是 S 大学的同窗加好友，明人在 S 城长大，但与从苏中考上 S 大学的老楚，挺谈得来。大学毕业后，他们都在 S 城成家立业，两人在不同单位工作，但时常联系，一年里，还约着一块喝茶喝酒的，也算是老兄弟了。

在老家的老楚的母亲，80 多岁了，身体还算健朗，但耳背，眼睛有点混浊，偶尔咳得厉害。明人悄声问过老楚，老楚说，母亲当年是中学老师，镇里出了许多高考状元，包括他自己，都是母亲夜以继日地悉心指导出来的。她太操劳了，粉笔灰也吃多了，现在双目白内障再生，慢性咽喉炎，肺部还有些病症。

老母亲见儿子和明人来了，自然十分高兴。领着他们到镇上走走，既是引他们看看小镇的风貌，也是一种骄傲的展示。瞧，自己的儿子多出息，在大城市当干部呢！老楚已有好几年没回老家了，之前也是来去匆匆的，这回有一周的时间，与他有一官半职的好友明人小坐，也是给老人长脸呀。

这一走，消息就传到十里八乡了，许多亲朋好友都来登门看望，其中不乏老楚母亲的学生，老楚的老同学。气氛热络得很。

镇长，一位肤色黧黑，身材修长，文质彬彬的中年男子，也来拜访。他是老楚母亲的学生，考入北京一所大学，毕业后坚持返回了老家。七拐八弯的，他也算是老楚的一位远房表弟。

他一来，就更显不一般了。他执意要请老楚、明人吃饭。见他们终于答应了，他的双颊竟黑里透红起来，像刚喝了酒似的。他高兴地说："你们想吃什么，尽管说，我们小时候那会儿穷，现在吃的方面，不一定比你们S城逊色了。"

明人和老楚都不约而同地说："那还用说，好多S城人节假日都往你们这里来，最馋的就是当地的美食和土菜，吃了还想兜着走呢！"

大家都笑了。老母亲也笑出了泪。

那天晚上，在镇长家，镇长和他媳妇备了满满一桌菜，还特意上了一盘老楚特别爱吃的肉包子。面白厚实，稍扁的圆形，拳头大小。就见老楚从盒里接二连三，撵了好几个。

明人想，老楚真是爱吃肉包子呀。上大学那会，他就爱吃。早餐不买三个，不算吃。但他每回吃，都多半只吃了肉馅，大半个包子皮，就弃置在桌上了。

有一次，班主任老师撞见了，批评了他几句，他争辩说，这里的包子太没味了，皮太厚，实在没法吃。"与我老家的没法比。"

老楚后来告诉明人，他在老家读书那会，能吃上肉包子，那真是奢侈，每一口都吃得香喷喷的，哪舍得扔一点点呀。

这回镇长家的肉包子，是老楚亲自点的，当然也是正宗当地味的。明人吃了一只，肉是难得地香，面也很有嚼头，吃了真的齿颊留香，回味无穷。

老母亲也在座，镇长还叫上了几位长者、贤者，以示对老楚和明人的真切欢迎和尊重。

这一餐，吃得十分热闹和愉悦。将完未完之时，老楚接了个工作电话，为防互相干扰，走到了门外。

这边，大家忽然都沉默了，目光聚焦于老楚座位前的杯盏间。实在是太刺眼了，被吃了肉馅的包子皮，面目狰狞地堆得与高脚酒杯，可以比肩了。

这可是老楚喜欢吃的，带有浓厚家乡味道的肉包子呀。

明人两眼迷惑。再一看镇长和桌上所有的人，目光也都是怪怪的，似乎是疼惜，又仿佛有某种不悦。

再看老楚的母亲，老人家困窘的模样，仿佛犯了什么大错似的。目光涌上了一层暗淡的云。明人佯装上厕所，站起身，走出门外。他待老楚放下手机，和他咬了一下耳朵，当然也带点责怪。

老楚憋红着脸，说："这……这……我感觉面皮不对味，就……就……"

他们返回餐桌前时，都惊呆了，在座的人都站着，似乎正对老楚的母亲劝说着什么，而老楚的母亲腮帮子鼓鼓的，在费力地咀嚼着。

老楚座位前的那一堆包子皮，已见不了踪影。

老楚的脸憋得更红了，他弱弱地叫了一声："妈，是儿不好。"

老母亲从唇缝里吐出几个字来，虽有些混浊，但明人和在座的人，都听清了："是妈不好，没教育好你……"

衣装

仪式上，挨着自己坐的胡总，笑不露齿地上下打量了他一会儿，那目光令他感觉怪怪的，甚至有一种刀刃之寒。仪式结束后，就有流言传出，说小肖总这回又犯傻了，老大穿着西装革履，他却套着一件休闲装，挺轻松潇洒的，这不是明摆着和老大唱反调嘛。这小子也太不识抬举了吧。小肖听闻，脑袋壳又大又疼起来。老大，指的是公司的董事长，是他们说一不二的当家人，自己再轻狂，也不敢得罪老大啊，诚如传言所说："难道不想在公司混了？"天地良心，小肖再有德有能，成绩再卓著，也不会这么与老大抬杠。何况，自己虽然埋首工作，他还是问过办公室："今天仪式有什么要求吗？"办公室主任报告说："肖总您只要出席，站主席台上，就可以了。"小肖还特意问过："衣着要正装吗？"主任说："老大没发话，就随便吧。"在与一家客户工作洽谈之后，小肖便匆匆赶来了会场，他压根儿没想到，这一活动倒让自己惹上了闲话。

晚上，他正巧与曾经的老领导明人碰面，郁郁寡欢的样子，引起了明人的关注。他把心思和担忧，也向明人表露了。他说前不久也有一次公司活动，之前也未听说着装要求，他认为活动挺正式的，就换了西装，系上领带，面容洗净，去参加了。没想到，在场公司的领导，都是各自着便服，五花八门，绝无一位像他一样西装笔挺的。老大出场时，更是随意，是一套运动服装。所有人看着自己的目光，都让小肖颇不自在。胡总更是俏皮地一笑："肖总今天一枝独秀呀，风头都压过老大了。"小肖连忙想解释，胡总似乎无意地不听他，和边上的其他人寒暄着。这一天，也让小肖挺懊恼。

他对明人说，他和胡总各自分管一摊业务，是公司董事长看重的两位干将。但他自比胡总，不如胡总精明圆滑，其实胡总私下老是议论老大长短，有时做事也是阳奉阴违的。胡总信奉的是"少做事、做对事"。胡总表面做得比小肖漂亮，会上表态也比小肖干净利落。却在小兄弟间自称有"两套件"的手法，即发言口袋里备了两份建议相左的稿件，因人而异备有两种不同表情，车上还备了两套不同样式和色彩的衣装……他说这职场复杂，只埋头干事，不抬头看人，是天字第一号的大傻瓜。小肖说："他这是在贬损我小肖，可我并不觉得自己有大错，自己分内的事，我拼命地干，干出成绩来，总是应该的吧。我以前，也是这么干的，领导您不是也很赞赏我，也一直推荐我的吗？您说，我现在这样，真不入时了？"他对明人述说的表情过于凝重了，明人禁不住笑了，像以往一样拍了拍他的右肩，说："没错、没错，你是做实事的人。做实事的人，终究是不吃亏的！""是黄金，毕竟是要发光的！"小肖调皮地模仿着明人当年的口吻，把自己和明人都逗笑了。

小肖又说，公司班子新一届的聘任即将宣布，调整力度不小，有人已私下说他与老人连衣装都老不一致，马大哈似的，估计保不住位了。明人说："你也这么想的吗？"小肖说："我只是偶尔和您说说而已。我想我是尽心尽责工作的，可能这衣装细节我真粗疏了，可我的思想和行动与董事长是高度一致的！""既然如此，你就不必过虑。你们董事长我熟识，他是一个睿智的领导者。你继续坦荡为人，踏实做事吧。不用过虑。"明人说。小肖先前眼睛里的那一丝忧云，已飘然而去。

几天后，明人收到了一位朋友的微信，说该公司班子，董事长宣布了，进了两位更年轻的新人，小肖被提任常务副总了，胡总出局了。

大花一绝

大花姓花。初中那年，他就长成了瘦大个子，大花之称，就是一位体育老师最先开叫的，很快，几乎尽人皆知。这么叫他，他也立马应声，从无不悦。

姓花总令人感到意味暧昧，而且，有些怪怪的。大花在班里任副班长，简称花班，对白面书生的他来说，似有不恭和嘲讽。后来工作，从花组、花股，进而花科及至花处时，更是让人心里发笑。有一次，北方客来，见介绍花处时，多人发笑，颇纳闷，细问，才知上海话的读音，与花痴这个词一致，于是也哈哈大笑，说这好，现代真男花痴太少了，花处可算一人。

不过，大花姓花，但绝对是个正人君子。读书多了，他还保持着当年"男女授受不亲"的俗念，与女同胞刻意留着距离。以至于结婚都很晚。

大花个高，腿不算长，身材比例略显失调。但他的手臂够长的，身体站直了，垂手，手掌都快挨着他的膝关节了。他的脖颈，也是细长细长的，这与他的大脑袋，还有大手掌，都形成有趣的对比。这也许也是具备一绝的某些天赋吧。花一绝，指的是他的捉蝇本事。明人亲见过好多次。最早在上课时，他和大花都坐最后排，隔着一个通道。有一只大头苍蝇嗡嗡地，在他们前后左右逡巡，骚扰不断。只见大花挥臂一抓，再摊开手掌，掌心里有一小撮的模糊血肉。那"迅雷不及掩耳"的形容，活生生地在眼前一亮了。

再有一次，是体育课，练习跳箱。在体育老师的教练示范下，好多同学都轻盈地飞越跳箱，唯有大花和另外两位同学，都是一屁股坐在了跳箱上，狼狈地爬了下来。任凭体育老师怎么指导，大花还是那么一种扶不上墙的窘状。体育老师恼火了，斥责了他两句。他悻悻地双唇嗫嚅，终于没吐出什么字来。体育老师把他们几位叫到队列前，站在一块，正继续训话时，忽见大花抬臂，向体育老师迎面扇了过去。体育老师慌忙躲闪，大花的手指几乎是与他的脸面零距离地擦过。众人皆惊。体育老师，一位中年男子，脸色骤变。大花却笑不露齿地展开他的手掌，手掌分明又俘获了一只苍蝇，那是一只方才停栖在老师脸上的苍蝇。大花还这么稳、准、狠，体育老师见状，也不好意思生气了。

毕业多年，老同学们在一个农家乐聚过。那天可能门窗没关严，入侵的苍蝇还不少。大花大显身手，左右开弓，三下五除二，就把七八只嚣张的苍蝇拿下了，放在浸了水的烟灰缸里。大家都啧啧赞叹大花功夫不凡。

好多年没见大花了。有一次公务接待巧遇。花处是对方随行人员。席间，有只苍蝇老是纠缠着明人单位的一位女士，上下折腾着，挥手不去。明人纳闷，挨着这女士的正是大花，以前这种场面，他早就露一手了。此刻仿佛视若无睹，只是握着自己的筷子撮菜。明人使劲朝他眨眼，让他出手。他勉强站起来，用文件袋把苍蝇扇走了。这蹊跷的变化，让明人十分诧异。他之后问过老同学，有人告知他："你不知道呀，为这个，他被人揍了。"再追问，方知某一天一些朋友聚餐，大花右边坐着的是一位美女。她穿着超短皮裤。半个大腿都袒露在外边。开席不久，就听美女轻呼了一声。还没待众人明白，美女另一边她高大的男朋友就"噌"地站起身来，抬手给了大花一巴掌。幸亏美女站起身，竖在他们之间，否则，大花免不了再会挨上一巴掌。此时大花懵了一会，捂着脸，目光喷着火。他说他是想拍那只苍蝇，不小心碰到了她："你为什么动手打人？"那打人的理直气壮，气势还挺强。那意思是大花故事"出外快，占便宜"。那美女再三说没什么、没什么，还没压住她男友的火气。干脆拉着他走了。大花也气不打一处来，争辩了几句，也气咻咻地离开了。

这事之后，大花的一绝，几乎再无在众人面前显现过。明人后来问他究竟什么情况。大花苦涩地一笑。那天确实有一只大头苍蝇在穿飞。他从眼睛的余光里，看到它停留在美女的大腿上，他连忙出手，想迅疾俘获它，也许是自己脑中闪过"非礼勿视"之念，未敢多盯视美女的腿部，加之，美女可能误解了，以为他是想轻慢她，在那一瞬间，就忽然避开了。大花扑了个空，也稍稍碰触了一点美女大腿。手心里什么都没有。失败，意味着他一时也无法说清楚。他没想到结局会这样。好在熟悉的人都知道，自己不是那种好色之徒。但一朝被蛇咬，十年怕井绳。从此，他不再去显摆他的绝招了。他的功夫也逐渐退化。明人感叹，世间再无花一绝了。可是，这又何必呢？

带薪时间大师

春节见到老同学尤君，明人很惊讶："你……你是怎么回事？"不止明人，阿贝也被惊着了，一时无语。

尤君得意地笑。他的脸色红润，头发油光可鉴，一丝不乱；原本略显臃肿的身坯，也突然显得挺拔颀长了。"难道是去过韩国了？"阿贝终于憋出了这么一句，怪不得明人和他大惊小怪，因鼠年小年夜碰到，尤君还是190多斤，说身为公司总监，事太多，"压力山大"，没有时间锻炼，自然发胖。

整整一年，几个人没见面，只偶尔在微信上有所联系，知道尤君如愿以偿荣升总经理之位了，这回碰面前还想象着，他可能更肥了，但人家居然完全变样了！不可思议啊，瞧他这样子，瘦下来了，健康精神得很。

显然，尤君花了大力气减肥。这家伙不缺毅力的，问题是，事务缠身的他，哪来那么多时间专门花在瘦身上呢？

"不会是公司给你放年假了吧？"明人疑惑。尤君略带诡秘地一笑："其实，我是带薪健身的。"

"我先说说我们公司几位年轻人的故事吧。"尤君称，本来，他起早贪黑，公私分明，不在单位干一点自己的事，所以，几乎没有业余消闲时间。但是，他发现，公司的那些年轻人，也常加班，却活得挺滋润。起初以为他们毕竟年轻，不见疲累，直到有一次，上班时间到了，他有要事找业务一部的负责人，该负责人的助理，一个小伙子，踩着上班的点进门，没坐多久，又出去了。十来分钟后，小伙子回到办公室，尤君和他随意聊了两句："刚去哪了？""哦，厕所。""嗯，拉肚子了吧？或者是便秘？"尤君别无他意，无非就表示下关心，但小伙子开始紧张了，张口结舌。见状，业务一部的负责人为助理解围了："他没事，习惯这个点上厕所而已。"

业务一部的负责人把小伙子打发出去后，笑着告诉尤君："这些年轻人啊，不迟到早退，也不耽误工作，但挺'聪明'，一些细碎的私事，会放到上班时间搞定，比如上个'大号'什么的。又比如，女孩子们在家先大概化个淡妆，到了单位，午休时再'加工'，化得更精细、浓艳些，下班前上个厕所，再补补妆。她们说，这是'带薪化妆'。"

业务一部的负责人一解释，尤君恍然大悟：这些年轻人，是在合理的时间内，打打擦边球，天衣无缝呀。于是，他想了想，也下定了决心，做了适当调整。比如中午，简单吃点，然后就去健身房锻炼了。下午会议间隙，也在院子里快走一会。尤君自嘲，他这是"带薪健身"，与公司规定毫不冲突，如此坚持了近一年，瘦身明显见效了。

尤君的故事讲完了。他还模特儿表演似的，故意扭了扭腰，展示了一下现在的好身材。"做一个带薪时间大师，其乐无穷。"

明人暗暗摇了摇头。他自己是个工作狂，一早上，就上紧了发条似的，晚上回家，也都绷紧了弦。只有周末，方有可能抽点时间看书写作。看来，这个"带薪时间大师"的称号，明人这辈子是难以企及的了。

马的变幻

当刘老板把那只古琉璃，那匹他神往已久的马，轻轻置放在桌面上时，他的心脏剧烈地跳荡，都快跳出心窝了。

那匹马，前蹄高抬，身子后仰，肌肉紧绷，那头部的鬃毛随劲风扬起，让他脑海里掠过一个词：天马行空。是呀，这是一匹飞驰的骏马，腾云驾雾，一往无前啊。

再细看这几百年的琉璃，晶莹剔透，流光溢彩。那釉面上还分明呈现了油膜样的皮壳，游彩一般，如同螺蚌内层珍珠膜的光晕，毋庸置疑，这就是蛤蜊光了。这是历经上百年的水浸，才可能达到的极致效果。明人此时如同这迷幻的色彩斑斓，心花怒放。

刘老板爱不释手地抚摸着，又喃喃细语道："看来，我得向你告别了，你终归要属于别人。"明人听出了刘老板的心音："他这回是决定要把这个宝物奉献给我了。"他按捺住自己的激动，一声不吭，脸上流淌着微笑。那匹马，已飞奔至他的心里，他想他会让它随自己一起驰骋的。他的天地、他的心气，以前曾拥有的业绩，还有依然广阔的职场空间，与这匹灵气的马，是匹配的。刘老板说了多久呀，今天才有这番安排。

　　说起来，这么多年，明人帮了刘老板多少忙呀。刘老板的发家，明人是有汗马功劳的。刘老板也曾多次要向他表示感谢，美金、名表、玉石、字画等等珍贵财物，都被他婉言谢绝了。他只是合法合规地支持刘老师，似乎是尽义务，讲情义，也不索求什么。好多年前，富得冒油也嗜爱收藏的刘老板透露，他有一匹马，是比明清更早年代的古琉璃，许多鉴宝专家对此都高度肯定，也有达官贵人缠着他转手自己，他都绝不"断舍离"。言外之意，他是给明人留着的，有朝一日，他会……

　　明人话虽不说，偶尔也会心痒痒的。这究竟是什么宝物呢？这宝物也许冥冥之中与自己真有缘？但时光蹉跎，一日复一日。明人一直与这宝物未能结果。也许这缘还没有开始？

　　这次，明人又顺理成章地给了刘老板一个大项目。刘老板高兴了，邀请明人来家喝茶，说了一番感激涕零的话后，他就把这匹琉璃马，从深锁着的屋子里，捧了出来。明人一见，就心生欢喜。他知道这种东西，是要有眼缘的。他见了马，不仅眼睛发亮，整个身心都颤动了，这是难得的天然之缘了。这对从来不看重财物的书生明人来说，是一种奇缘了。

　　这琉璃马，如同美玉无瑕，难能可贵。难怪刘老板神神道道的，一直不肯出手。这回，他终于把它拿了出来，无论如何，明人于他功德无量，是至尊贵人！

　　明人此时心潮澎湃。他想了想，移步到了卫生间。没有便意，但他仍站在那儿，头抵着墙，想让自己冷静冷静。他闭上眼。忽然又睁开眼。他莫名地出了一身冷汗：那匹马，前蹄抬起，目光惊惧，完全是面对前方，陡然止步的情状。前方是什么，难道是深不可测的悬崖？自己为刘老板所做的，不是自己秉公所为吗？自己拿了这价值连城的东西，身心真的还能像现在这样，一如天马行空吗？这一刹那的断想，难道是向自己提醒并警示着什么？

心还在怦怦地剧跳着，但明人知晓自己已冷静了许多。他的决定已下。

出了卫生间，只见刘老板面前的琉璃马已不见了。刘老板自己也静静地啜饮着杯中的生普。那匹马似乎从未在这里出现过。显然刚才明人如厕时，刘老板又把他的宝物藏进屋子里了，看来，他最后还是不想放手。明人微微一笑，走过去，若无其事地端起杯，轻轻地抿了一口。

第二辑

五月的相约

让爱住我家

学生舒平给明人讲述了这个故事。

那是深秋的夜晚，天有点凉。舒平紧了紧自己的衣领，步履不自觉地提速起来，但他马上又放缓了脚步，有一丝烦忧，在他的心头浮动。前方的那幢楼，有他的家。可想到那种清冷，还有妻子小漫的郁郁寡欢，他的脚步沉重起来。

小漫和他结婚7年了。他们是恩爱的。可天公不作美，他们至今膝下无孩。之前也曾到多家医院诊疗，但一直不见效果，小漫也对此生出了厌烦，之后就不了了之了。反正，像他们一般年纪的，不少都是丁克家庭，他们也互相安慰，就自然而然吧。可时间久了，总觉得家里缺了什么，舒平的心时时空落落的。他知道，小漫也有同样感觉。他们曾聊过养个宠物什么的，后来也怕麻烦，也无接续的动作。

夜是寂静和孤冷的。舒平无聊地停住步，观察着自己影子，忽长忽短。几次下来，他发觉了异样，有一只猫，在不远处，和他一直保持着三四米的距离，显然，它跟随着他，有一段路程了。那只猫迈着碎步，紧挨着街沿，随着舒平的走路节奏，或疾或缓地行进。为了探究是否巧合，也带点小小的玩耍心态，舒平有时疾步如飞，有时又蹩然止步，回首张望那只猫咪，它紧跟不舍，不远不近，像一个有点蹩脚的侦探。夜半三更了，四下里阒寂无人，也无其他肉眼看得见的动物，这个猫咪，在月色和灯光的双重照耀下，就难掩其身了。

挺有意思，舒平进了小区，那只猫也哧溜从闸门下钻了进来。舒平又用门卡刷了单元门，进入后，身后的玻璃门正缓缓闭拢，在只剩几寸空隙之际，那只猫又灵巧敏捷地穿越而入，让舒平微微惊叹。他不明白这只猫，为什么这么执着地跟着他。但在电梯半明半暗的灯光下，那只不大不小的猫，偎依在舒平的臂弯，那眼光是闪亮而又略带悲悯的。舒平认出这是只狸花猫。深棕色的被毛，周身斑纹，活像一只小浣熊。它头部浑圆，面颊宽大，砖红色的鼻子，活泼可爱，宽耳根，深耳廓，和匀称端正的身材匹配，也是令舒平看着挺舒服的。他决定把它带回家！

穿着睡衣的小漫迎了上来。她看见了舒平手上抱着的狸花猫，好奇地发问。舒平讲述了它一路跟随他回家的过程。他说，他觉得自己和这只猫有缘。他想留下它。

小漫微微点了点头，说："如果你觉得必要，我完全赞成。不过，既然你想留下它，现在再晚，我们也要把它带到宠物医院去检查和洗理一下。毕竟，它是一只陌生的流浪猫呀。"舒平认为小漫说得在理，他们稍作收拾，小漫也换了衣服，一起打车，去了好几公里之外的宠物医院。

常规检查费了不少时间，也花了他们好几千块钱。但医院告诉他们，这是一只健康的猫咪，完全可以收养。他们很高兴，一点都没觉得累烦，购置了猫粮，带着猫咪回家了。

以后的日子，他们对猫咪的照顾，可以说是无微不至。有了这只猫咪，他们经常下班后早早回家，给猫吃，逗猫玩，还隔三岔五为它洗澡。小漫特别喜欢抚摸猫的身体，软软的、暖暖的，轻抚之后，那猫咪的眼神似乎惬意而温柔。舒平则喜欢刮它的鼻子，一刮它，它就躲闪，像是与舒平在玩童年的某个游戏。不用说，这个猫咪，给他们的小家增添了不少欢笑。

十多天后，先是小漫发现，猫咪胖了。他们带给兽医看过。那兽医说，这种猫，容易长肉。他们也没在乎。但某一晚，舒平发觉这猫咪老往衣橱门蹭。蹭得心急火燎，仿佛橱内有什么令它刻不容缓要得到的东西。舒平刚想把猫咪拽开，小漫劝阻了他。她把橱门打开了。任猫咪自由出入。

翌日一早，舒平起床，听见衣橱有轻微的异响，他轻启衣橱门，一只巴掌大小的黑乎乎的活物坠落于地。他吓了一跳，乍看到以为是老鼠。再细细一看，原来是只小猫。他把橱门打开，竟然又发现一只小猫，俯卧在他们叠放的毛巾被上。而那只最早入门的大猫咪，呵护着这只小猫，那眼神，一如当初舒平见到的，闪亮而又悲悯。

原来，那猫咪早就怀孕了。它是为它即将生育的孩子，要找一个家！

现在，舒平和小漫拥有三只狸花猫了。他们生活在一个屋子里，大小猫咪都健康欢实，其乐融融。他们给大猫咪起了个名字"爱家家"。两只小猫咪，一只叫大家家，另一只叫小家家。他们还常常播放那首歌《让爱住我家》："让爱天天住我家，充满快乐拥有平安。让爱永远住我们的家，让爱永远住我们的家……"

　　一晃半年过去了，这天明人与舒平又碰面了，闲聊中明人问起三只狸花猫的近况。舒平笑嘻嘻地讲了好多趣闻轶事，而且，还喜滋滋地透露："小漫有孕了！"

老俞头戒烟

明人还是学生那会，老俞头的烟瘾就很大，他到办公室串门，手指都夹着烟，烟又浓又冲，一嗅就知不是什么好烟。明人是学生干部，常在团委办公室帮忙，老俞头一进屋，他也禁不住捏捏鼻子，用手背掩住鼻口显得有点反应过度，他不好意思这么做。祝老师，学校的团委书记，对老俞头特别尊重，平时哪位到他办公室抽烟，他都会当面调侃甚至下令掐灭，但对老俞头，他却是毕恭毕敬的。

按职务，老俞头只是校党委的一位副书记，也不分管学生工作，祝老师如此姿态，也让明人有过疑惑和猜测。他细细打量过老俞头，身坯高大，走路带风，眉宇间有一种特别的气质，既英武又稳健，不怒自威。老俞头山东口音，还是一个大嗓门，说话声若洪钟。明人想，不会因为这，身材纤弱的祝老师才对老俞头别样敬畏吧。

有好长一段时间没见到老俞头了。明人毕竟是学生，也不知学校人事有何变化，似乎也把他给忘了。他埋首读书，也忙于组织学生课余活动，学生时代就这么悄无声息地过去了。

毕业后他留校，不久接任了祝老师的职务。某一天暑假，已在校党办任职的祝老师说："你方便抽个时间吗？我们去探望学校几位老同志。""好呀！"明人说，他留校不久，也确实想去多拜访和认识一些老领导、老同志。他没想到，第一位就是老俞头，而且老俞头的现状，令他十分震惊和难受。

老俞头体魄依然魁梧，但背微驼，头发花白，眉间皱纹密布。明人没想到长期病休在家的俞书记，这几年不见，已显衰老状。他不是只是糖尿病吗？难道病情还在发展？明人来不及想明白，就见一间卧室里有动静，随后，一辆轮椅车来到客厅，上面坐着的人，让明人吓了一跳，倒吸了一口凉气。那张脸面目狰狞，凹凸不平，五官没一个成型的。两只眼珠凸出，令人不忍注目。再往下看，他的手臂上也满布伤口疙瘩，两只套在睡裤里的腿，明显干瘪瘦细。

祝老师倒挺镇静，笑着和他打了声招呼。那人也似笑非笑地点了点头，算是回礼。老俞头走近，说："你再锻炼会，我待会帮你洗澡。"那人又点点头，喉咙里发出古怪的声响，自己摇着轮椅又进内屋了。

"俞书记，您够辛苦的。"祝老师说道。"还好吧，这比当初好多了，伤口都愈合了，就是行走还不便。"老俞头平静地说道。

"听说给他找了外地保姆，还没到吗？"祝老师问道。"哪里呀，本来想给他找个伴的，一来可照顾，二来也让他安心建个家，他部队也答应给解决上海户口，那女孩也确实上门来了，可一看他的模样，屁股都没落座，就假托什么东西给忘在车上了，转身就开溜了。"他说，"反正我还能扛得住，我服侍他。"

也许想要缓和气氛，祝老师不抽烟，这回却从兜里掏出一包烟来："俞书记，我这里有一包中华牌，您拿去抽吧。"老俞头却推开了他的手："我戒烟了。""戒了？您这么大的烟瘾？说戒就戒了？"祝老师张大了嘴，明人也颇为惊讶。"这孩子闻不得烟味，起先我还到自己房间抽一些，可是烟会跑呀，用了排风扇，还总有漏网的。从门缝里跑出去的。还有，我衣服上的味道也挺重，他一点也受不了，我就下决心戒了。"他说着，手臂往下用力一挥。

"哦，俞书记，刘书记让我告诉您，校党委商议过了，您的二儿子如果愿意，学校可以接受他。"祝老师又说道。

不料，老俞头有点不开心了："他在学校能干什么？只有高中学历。他只会给学校添忙增乱，我不同意。你代我向刘书记转达，就说我老俞谢谢啦，但我儿子不能进学校，他没这资格，我也没这特权。我要让他自己去闯，自己想办法。"老俞头说得很坚决，一点都不容置疑。祝老师也无话可说了。他们让俞书记自己多多保重，也就告辞出门了。

一出门，明人就问老俞头的两个儿子到底怎么回事。祝老师叙说道："俞书记的老伴死得早。那大儿子，是老俞头让他去当的兵，当的还是消防兵。当了不到两年，就在一场火灾抢险中，被烧残了。部队给了一等功。原本是一个多少帅气的小伙子呀，俞书记一直以他为傲为荣的，现在多么遗憾！他二儿子两次高考落榜，工作尚无着落，学校想给一个机会，俞书记又太顶真，你看，他一口回绝了。这俞书记呀！"祝老师感叹着，也一时说不出其他话来。

"这俞书记是老干部吧？"明人问。"是呀，他是1948年当的兵，是解放上海时的战士，功臣呀。"明人不由得肃然起敬，难怪，祝老师对他如此敬重。

过了几个月，老俞头来学校了，还特意到明人的办公室也站了站。他喜滋滋地告诉明人："我二儿子也当兵了，是我极力做他工作。你看，他穿军装的模样多帅气，比我当年帅气多了。"他说着，也呵呵地笑着。

照片上的小伙子确实挺帅，神情有些稚嫩，但酷似老俞头。完全是一个模子里出来的。明人由衷地赞赏了几句，老俞头很是高兴，脸上都放出光来。

没到半年，明人听到祝老师传来一个噩耗，说老俞头的小儿子，在一次训练中，意外去世了。祝老师说："老天太不公了，这让他怎么挺得住呀。"明人也感觉十分难受，也非常为老俞头担心。他主动与祝老师提议："我们今晚去看看他吧。"祝老师说了声："好！"

在老俞头家的客厅正前方，挂着他小儿子戎装照，披上了黑纱。老俞头一脸憔悴，嘴唇却一直紧抿着，显然他在克制着自己。明人面对这位历经沧桑和磨难的老人，竟不知说什么才恰当。

倒是祝老师低沉地说道："俞书记，您牺牲太大了，您要保重。"

老俞头默不作声。好一会儿，才启口："这点牺牲，算不了什么。我的一位老乡，他的妈妈把四个儿子，先后送到了前线，都没回来。解放上海，攻打月浦镇一战，我们29军牺牲了不少人，我们班只有我一个活着，他们全都牺牲了！这点牺牲算什么，毛主席说，要革命就会有牺牲，就会有牺牲啊！"他说着，转过脸，站起身，缓步走向了门外。从客厅的窗户望去，他背朝着明人他们，肩膀似乎在抽搐，但仅仅只颤动了一瞬间。有一缕烟，从他脸侧飘逸。

"他不是戒烟了吗？"祝老师看了明人一眼。

明人走近窗户。他听到老俞头喃喃自语："二儿呀，我不该干涉你抽烟的，我是怕你哥哥受不了呀。现在你想抽就抽吧，我先给你点一支……"

进口迷的ABC

戒副教授微启双唇，轻轻地吐露了一句："我已装了第二只支架。"把明人和在座的老同学，都震惊了。"你这是……要紧吗？"上个月刚获悉他住院装了一只支架，他自己说是左主干狭窄四成，医生说在可装和不装之间，他太太也不同意装支架，他毅然决然，自己签字手术装上了。挨着这么近，他竟又装上了，难道又严重了？戒副教授微微一笑："也没到这地步，是又一侧的血管有点受堵，但我主动要求安装了。""你怎么回事呀？这是心脏呀，那是你的生命之源，犹如太阳之于宇宙……"有同学着急了，道出的是大家的心声。戒副教授仍是微微一笑，这回还带着点小小的诡秘："这有什么关系呀，我这是真正在乎我的心脏，何况我装的，又是进口的，价格挺贵的，单位给报销了。"

"又是进口！"这句话，让明人和同学们都恍然大悟：这小子就好这口呀。

戒副教授讲授的是经济学课程，算起账来也是滴水不漏的，但他有一癖好，对进口商品，从来都推崇之至。比如他的孩子呱呱坠地之前，他就托人从新西兰购了奶粉，太太嫌他瞎折腾，自己奶水可能挺充沛的，何必呢？他却说："这可轻视不得，这是最好的奶粉，是进口的，买都买不到哩。"结果，生下孩子不久，他就不让太太喂奶了，每天捣弄着奶粉送喂孩子。他平常衣着还不讲究，可那条加长围巾，在冬天是最为亮眼的，紧系在他的脖子上，轻易不肯解开。别人提到这围巾，他就会唱着幸福之歌似的说："这可是进口的……"他给太太不太买礼物，可在她生日时，特意赠送了一个包包。太太说："你怎么也不说一声？我的包包够多的了。""哎，这个是不一样的，你看看牌子，普拉达的。这可是进口名牌，是我在虹桥进口商品展销中心买的！保税的，还是进博会上的网红呢！"太太喜忧参半，哭笑不得，最后也不了了之了。

有趣的是，戎副教授在学校爱牙日特别活动上，接受了牙的种植。他有三颗牙早蛀蚀了。这回，他全补齐了。学校这回找了一家资助企业，全免费的。 他告知好友，他种牙了，那都是名副其实进口的全瓷牙，每颗都得五千多元呢！他说话时，靠近唇边的一颗牙，恰到好处地显摆了一下，白中带灰的，与他的真牙完全一致。不是他特意指点，别人还不一定辨认得出。他再三强调："这是进口的，进口的！"明人赶紧转过身去， 憋住了笑，他担心自己控制不住，会笑掉了大牙。

去年5月，戎教授的老母住院，治疗白内障。医生说要换晶体，他与老母商量后同意了，但明确要求植入进口的人工晶体。医生说，进口的要贵好多倍，而且医院正巧断货。还说，其实国产的也不错，可说是价廉物美。戎副教授却坚持己见："那就等你们进口的到货后再做吧。"老母亲双眼迷糊地又熬了一个多月，直到医生通知医院货已入库。

这真是个进口迷呀。几乎令人难以置信。

这回，可是他自己的心脏呀，支架说装就装了，价格还这么昂贵。

偏巧，明人读到一则新闻，说是要统一使用国产支架了，国产支架只需八九百元就可搞定了，有的省市已开始实施。他打电话和戎副教授说了，这回戎副教授大笑不止。他在笑中透过气来，说了一句："这您刚知道呀？我就是为了赶上最后这个机会，才迅疾安装两个支架的，我这几天还想装上第三个呢，今后进口的，想装也装不上了！"他得意地说着，咯咯地笑着，把明人的心脏笑得都也郁闷不堪了。

五月的相约

　　"您的腰疼还未好，还要去复兴公园吗？"儿子问，关切中，也有委婉的劝说。

　　明人揉了揉腰椎右侧，前些天蹲地取物，起立时一阵疼痛。坐着、走路、起床都艰难。医院诊断是急性扭伤。"要去的。这是一个承诺。"明人回答道。

　　老书记和善的面容，在眼前浮现。明人想起二十世纪八十年代的五月的第一个工作日，领导忽然把他找去，说年逾古稀的老书记大半天没音讯，他家人焦急，领导让明人组织系统的团组织，帮忙了解。老书记退休后，仍一心在单位，经常到基层走走，与干部群众谈心，走访调研。照理，可以派车接送的，他也从不提出。领导估计他可能在哪个偏僻的单位，并感慨道，但愿如此。老书记可是长征时的"红小鬼"，老革命了，不能有闪失呀。

　　明人领命，立即逐一电话，告知下一层的团组织紧急通知，发动基层团干部在本单位找寻。很快，电话来了，老书记正在位于远郊的一家建筑材料厂调研，听说他是天色未亮，就搭乘公交车来工厂了，现在车间与工人们热烈交谈，一时半会还无回返的打算。明人赶紧向领导汇报，同时让团干部向厂领导报告，无论如何派辆车送老书记回家。电话不一会又来了，说老书记坚决不肯坐厂里的车回家，他说他退休了，该坐公交车就坐公交车。无奈，明人让他们直接送老书记到公交站，并嘱咐司乘人员给他留位，多多照拂这位老同志。

翌日刚上班，老书记就来明人办公室了，说"你明人就是一个团委书记，官不大，口气不小，竟让基层随意派车"。明人说："您老这个年纪了，也要当心些呀，我是后辈关心您老前辈。"老书记常来他这儿，说话还算宽松自然。老书记却虎起脸来："你这是官僚作风，得改一改。"明人心一沉，都知道这老书记、老干部很顶真的，看来自己今天也被顶在了杠头上，表情也就有点变化了。这没能逃过老书记的眼睛："怎么，有想法了？我要和你好好谈谈。约个时间吧，你现在忙工作，我不打扰你。"明人咧咧嘴，欠了欠身："听您老书记的，要不后天五四青年节，您来大世界，参加我们的活动？"明人忽发奇想，让老书记参加团的活动，既给活动增色，也让老书记在欢快愉悦的气氛中，感受团组织的凝聚力，这也便于轻松交流啊。老书记撇撇嘴，说："我可以接受你邀请，一定参加，但你也得接受我的一个建议。""什么建议？"明人问道，心里琢磨：这老书记还真是一套一套的。"5月5日，你到复兴公园来，哦，不只是你，你带一批团干部来。"老书记皓发皤鬓，口齿相当清晰。那神态，柔中带刚，不容明人轻易推却。明人点头承诺，把老书记送到了走廊上。老书记还要在机关处室串门，让他不用再送。

五四节的活动是丰富多彩的。大世界，张灯结彩，热闹非凡。年轻人玩得够欢。明人陪着老书记观赏了一会滑稽小品，还让他去卡拉

OK小坐了。活动还没结束，老书记先告辞了，明人送他到门口，他一再提醒道："明天上午十点，复兴公园，马克思、恩格斯雕像前，别忘了哦！""不会、不会，一定准时报到！"明人应允道，他若不答应的话，老书记还不把他骂残了！

第二天是周日，仍是春和日暖的好天气。在马克思的巨大的雕像前的绿色草坪上，精神矍铄的老书记早早出现了，他安排大家席地而坐，拿出一摞《共产党宣言》分发。抬腕看看手表，又扫视了一下人员，便致起辞来。说是"谢谢各位放弃休息来到这里"。他问大家："你们知道今天是什么日子吗？"大家相互看看，似乎都想从对方那里获悉一丁点信息，又有点面面相觑。老书记点了明人作答，明人这些天忙五四活动忙坏了，一时还回不过神来。老书记又点了在座两位处长的名，竟然也都张口结舌的，脸都憋红了。

老书记叹了口气，说："看来约你们来这，十分必要呀。你们竟然都忘得一干二净了。"他这一说，明人脑子一激灵，他举起手："哦，老书记，我想起来了，今天是马克思的诞辰！""算你明人聪明活络！我不提示，你们怎么就想不起来了呢？你们记得住自己的、家人的、好友的生日，为什么就记不住给了我们灵魂的伟大导师的生日呢？别认为我小题大做。"他指了指自己的脑袋说，"这明白着，我们很多人这里的弦，还不够紧，我们有的人习惯把阳光当作免费的、心安理得、不求感恩地取之用之，就像一个孩子，在家里衣来伸手，饭来张口……"他顿了顿，脸色稍显缓和了些，"我先不多说了，请大家一起再来学习学习这本书，请明人领读。"明人站起身，打开小册子，在暖暖的阳光中，开始高声朗读："一个幽灵，共产主义的幽灵，在欧洲游荡……"

就在这一天活动结束前，老书记宣布，每年这个时候，他都会在这里，并恭候大家，尤其是年轻人，不见不散。他瞥了明人一眼，明人觉得是对自己特别的提醒，连忙响亮回应："好的，没问题！"

雷打不动的5月5日相约，持续了好多年。直至明人调离岗位，到另外一个系统工作，他还坚持参加。有一年的5日，一上午电闪雷鸣，明人犹疑了半天，最后打了一辆出租赶去。已逾十点半，他才到。在暴风骤雨中，马克思、恩格斯像巍然屹立着，只见草坪上有一把深色的伞在晃动。风雨鞭打着它，几次它都有倾倒之态，但最终都挺住了。像不倒翁，脚下生着根。明人走近一看，竟然是老书记！他的发上脸上满是雨水，身上的衣服也被打湿大半。但他站在雕像前，一动不动，一脸肃穆。他见到明人，朝他点点头，嘴咧了咧，带出点笑意。这一幕，从此深深地镌刻在明人的脑海里。

21世纪初，明人事务甚多，又碰上工作不顺，常常寝食难安。5月5日那天，他还是坚持去了复兴公园。老书记步履蹒跚，但眼光还挺锐利，他把明人拉到一边，悄声说："碰到什么不顺心的事了吧。看你眼圈发红，疲惫不堪的样子。""谢谢老书记的关心，是有诸多不顺，但我能挺住。"明人也不避讳，毕竟面对的是老书记老革命。自己所经历的磨难，于这位老书记来说，都不值一提。老书记也并没多说什么，他只建议道："我们今天的活动，先唱几首歌。一唱国歌，二唱《革命人永远是年轻》，三唱《团结就是力量》，四唱《国际歌》，好不好？"他说完，大家都说好。然后，他吩咐明人来指挥。没有音乐伴奏，但大家唱得整齐有力，明人在边指挥边亮喉中，感到激情满怀，热血沸腾，这些日子的阴郁也几乎一扫而光。

岁月匆匆。2015年的那一天，明人出差在外，还特地赶回，他觉得这一年一次的相约，就像一次精神的充电，令他不能割舍。在马克思、恩格斯的雕像前，他与好多老同事、老朋友快乐相见。但等了好久，还不见老书记的身影出现。正纳闷间，明人的手机骤响，他立即接听，是老书记的家人打来的，说老书记住院了，危在旦夕，"但他刚从昏迷中醒来，就要打电话给你，说你们好好活动，代他向马克思鞠个躬……"家人说着，泣不成声。

这是老书记五月相约的第一次缺席。当晚，老书记就仙逝了。

老书记走后，明人他们又坚持数年。2020年的5月5日，新冠疫情还在全世界肆虐，但中国的疫情已神奇地得到控制。明人他们戴着口罩，保持着社交距离，在马克思、恩格斯的雕像前久久伫立。明人还诵读了自己创作的一首诗，向老书记表达了缅怀之情。

"您真的还要去呀，为什么呢？"儿子的嗓音又在耳旁响起。

"嗯，要去的，为了一个承诺，更为了一个信念。"明人说着，缓缓而又坚决地直起腰来，向门外走去。

老张的美好记忆

"我有过一次在海外的美餐，吃的全是海鲜。真难忘！"大家在岱岛海鲜排档还未坐定，老张就开讲了。那是海鲜迷老张逢席必讲的故事。

老张说，二十多年前，他和老刘几位公务去迈阿密，当晚，他们完成了计划内的各项工作，想到海滩边上饱食一番。可是囊中羞涩，每天的伙食补助挺可怜的，恐怕难以满足他们的饕餮之欲。正纠结时，在海滩邂逅了一位老同事，他是很早就辞职出国了，平素也无联系，但此时相遇格外亲热。聊了一会，老同事要请他们吃晚饭。他们嘴上客气着，心花早已怒放。老同事说到迈阿密，海鲜是首选，"我就请你们吃一餐大西洋的海鲜。"这真是天上掉下的馅饼，老张心里早是一阵欢呼了。

正逢夏季，海滩边游客不少。老同事找了一个海鲜大排档。吹着海风，欣赏着月光下静静的海湾，还品尝着美味的海鲜，真是神仙过的日子。老张不由得感慨。

当然，美食是老张最爱享受的，生蚝和其他贝壳类的海鲜，老张本来就嗜好，这回更是敞开肚子吃了。敢于这么吃，还有一个重要原因，吃到一定分量，再添加海鲜，只要每人付上一美金，就不限量，随意吃。这样价廉物美的好事，怎么能错过呢？这一餐吃得真是惬意，真是过瘾。老张每回说起，嘴里总发出啧啧的声响。仿佛还置身于迈阿密的海滩排档，让身边倾听的朋友，都不知不觉地也喉结蠕动了。

真是令人歆羡不已呀。

老刘也在桌。这旧事明人好多年前都听过了。他朝老刘瞥了一眼。老刘也只是微笑着点头，不说什么。

明人那一瞥，其实是意味深长的。老张的记忆，真是美好。不过，明人还知道后半部分，起初，还是老张自己提及的，不知何时开始，后半截就被切断了，仿佛从未发生过，无声无息了。这是老张的选择性失忆，还是他真的忘得一干二净了？

那后半部也是得到老刘的认定的。那晚，可能是吃得太多，也可能是水土不服，他们回来路上，老张、老刘，还有另一位同行的肚腹都不争气，开始剧烈反应了。好不容易在路边小饭店找到厕所。就一个蹲位，他们三人挤作一团，脱下裤子，争先恐后地拉一下，再轮流地挪一下，拉一下，折腾得够呛！都不好意思启齿。

老张的记忆真是美好呀！

大柳的顽疾

门打开，迟到的大柳一脸沮丧。进门后，也只顾摇头，愁眉苦脸样。"怎么回事，一大早的，你怎么了？"明人和老瞿都关切地询问，也带着点诧异。这大柳从来都是笑微微的，今天碰上哪门子堵心事，让他如此改变了模样？

大柳坐定，喝了一口凉茶，才开口。他要讨教一个问题："你们说，交警在路口新设的行人探头，真能人脸拍摄和识别吗？"明人和老瞿都愣了愣，他们都没想到这位发小一开口，竟问的是这个。还是老瞿"头子"活络，立马猜出了几分，脸色也故作严肃起来："这还有假？一拍一个准，我听说被拍了不仅要罚款，可能还要登报上电视！"大柳的脸更揪紧了。明人听出了老瞿的画外音，朝他瞪了瞪眼珠。老瞿趁大柳不注意，朝明人鼓了鼓腮帮。明人知道，老瞿是故意火上浇油的。可不用说，老瞿随意加码的话，大柳听进了，只听他暗叹了一声："这下兄弟真要丢人现眼了。"

在明人和老瞿催促之下，大柳才道出了原委。他刚才赶来的路上，连着闯了好几个红灯。明人说："这是你自小的顽疾呀，你还记得吗？有一回，我们去上学，眼看要迟到了，你拽着我就飞奔起来，到路口，红灯亮着，你也不管三七二十一，说声'冲呀！'就从川流不息的车辆缝隙中，飞快地穿越。我心惊胆战地跟着你，有一辆面包车见我们忽然过来，连忙紧急刹车，路人一片惊呼。司机探出车窗，破口大骂。我们不理他，继续走我们的路。直到穿越了这条车水马龙的主干道。之后，我还给你起了个外号：冲煞鬼。你当时还挺得意的呢。"

"你是哪壶不开提哪壶呀。我不是为了抓紧时间嘛。再说，我工作之后，已有所改变，虽然也穿红灯，但都是看清楚了后，才快步穿行的。"大柳为自己辩解。"这一点不可否认，不过，不可否认的还有，你毕竟还顽疾不治，你刚才也一定是闯红灯了吧。"老瞿说话不留情面，大柳心事重重，沉默有顷，然后又叹了口气："我刚过那个路口时，虽然是红灯，但并无车辆。我想着可能要迟到了，就不假思索，从上街沿跨了出去，踩到了斑马线上，只听扩音器里立即传来一句话，'你已涉嫌违法。'而且反复播放强调，把我震得一愣一愣的。我站在斑马线上进也不是，退也不是。好不容易挨到对面的LED换了一个急匆匆赶路的画面，我才赶紧起步，迅疾穿越。我也是怕你们等急了，说我坏话！"

"你迟到，我们没说你呀。你是大柳总，是大忙人。"明人说道。大柳说："说实话，我现在还心神不定呢。如果只是罚款也就算了，要是真要在媒体上曝光，我这脸往哪搁呀。""这个，千真万确，说不远明天就有可能刊出了。"老瞿又吓唬大柳了。大柳说道："这下，我的诚信也会被人看低了，臭名要远扬了。"大家东扯西拉地又说了会。明人劝慰了大柳几句，大柳的脸色才由阴转多云了。

自然，最后知道，那个路口的设备，官方叫新型行人过街提示系统。而且，已经在城市的一些路口试用，那个登报上电视之说。则是子虚乌有的。大柳如释重负。不过，闯红灯的坏习惯，大柳从此之后，也真正把它根治了。

秦副总的十二年

十多年前，明人认识了秦真。他是一家IT公司的系统分析员，圆脸小胖子，话不多，但有分量。相处久了，还知道他有个性，较真。

秦真四十岁那年，机缘巧合，他一个管理人员，被直接擢升为主持工作的副总。激情被点燃，他预备大显身手。管理软件项目的需求分析是他的长项，项目的规划、管理和方案设计，他也毫不逊色。某晚小聚，明人却直接指出了他的"软肋"：对综合管理缺乏经验，这里包括对人事的把握，行政事务的统筹，等等，须更多磨炼。"你这个'副'字，几年内拿不掉的。"

沉浸于职场壮丽梦想中的秦真，不太相信明人这番话。然而，恰如明人所言，他的"副总"一做就是六年。其间，公司也对他有过一次兴师动众的考察，最后却寂然无声了。倒是年年工作述职、审计检查不断，不过也没什么大问题。听说，集团一把手与集团原副总不睦，秦真是原副总点的将，一把手对他并不待见。

六年来，秦真业绩不错，保持了较好的发展势头。但集团又派来了一位忻总经理。他原是集团部门的建筑工程师，算是与秦真同届毕业进入集团的。忻为人忠厚，心性淡泊，到任第一天，就对秦真说：

"你继续放手干，我对这一行一窍不通，帮你做好后勤部长。"

忏总的话让秦真少了点顾虑，可自己毕竟不是一把手，干起活来，总归畏首畏尾的，有些字，不能一签了之，该请示汇报，还得请示汇报。好在秦真和忏总之间一直客客气气，互相谦让，项目的开发，在秦真兢兢业业的具体组织下，一如既往硕果累累。

一年后，忏总主动提出辞职，诚恳表示想干回"玩钢筋混凝土"的老本行。集团同意了忏的辞职，让秦真继续主持公司业务。秦真也没多说什么，一切仿佛恢复如初。

秦真又忙乎了两年，集团又任命了一个支部书记兼总经理。转业军人出身的支部书记兼总经理，也是一个好人，他不懂业务，所以公司还是秦真管着，双方相安无事。这年，公司破天荒获得了集团的先进集体称号，支部书记兼总经理上台领奖。奖状被挂在了公司的会议室墙上，而秦真的两鬓已经白发丛生了。

两年后，支部书记兼总经理到龄退休。这回，集团新任董事长找秦真谈话，说集团班子决定，秦真任支部代书记，代总经理，鼓励他不负信任，珍惜机会，再创佳绩。于是，秦真忙着新的项目，某一天，偶然碰见明人，明人了解了他的现状，说："这次，过不了两年，你可以'扶正'了。"秦真不像以前那么热切了，笑着吐出一句："借你吉言啦。"

又是不长不短的两年。终于，从新董事长处获悉，秦真的"代"字即将取消，程序走得差不多了。明人为秦真高兴，打了电话祝贺。十二年，整整一轮，着实不易！秦真谢了谢明人，没多说什么。

不几日，明人听说，集团任命下来的同时，秦真递交了辞呈。

明人颇惊讶，而秦真告诉他："是，我辞职了。都快53岁了，让更年轻的人干吧。我现在只想集中精力，做点事了。"语气很平静。明人懂，这平静是如何修炼而成的。

宽窄巷子里的"老克勒"

　　在宽窄巷子游逛了一阵，有点燥热，有人建议找个茶室坐坐，品品茶。前边街檐下，正巧有个茶馆，领队的老瞿一点头，大队人马就涌进了茶馆。

　　茶馆顾客稀少。进门处，有一个精瘦的老头，独自品茗，目光散淡，神情闲散，朝他们随意地扫了一眼，又埋下头，有滋有味地啜饮着一个盖碗里的香茶。

　　十多个人找了两张方桌，各自坐下了。在点什么茶时，发生了小小的争执。服务员是一位二十来岁的川妹子，不算俏丽，但笑容挺甜。老瞿对她说："你给我们推荐一下这里的好茶吧。"川妹子抿嘴一笑，说："我们有绿茶和花茶。绿茶有毛峰、雪芽、竹叶青、蒙山甘露等，花茶是茉莉花茶，你们是上海来的吧？可以品尝一下我们这里的碧潭飘雪，一定别有风味。"川妹子冰雪聪明，口齿也相当伶俐。

　　还未等老瞿启口，仇老头粗嗓门就爆响了："这有什么好喝的，茉莉花茶，还不如喝上海的！"仇老头是一位机关干部，退休半年多，心态一直不好，这一路什么都不顺心，爱开横炮。川妹子被他呛得有些张口结舌。

年过半百的刘老师看不过去了，清亮的噪音，刚柔相济："这也不一定了，要想知道梨子的滋味，就得亲自尝一尝，成都的茉莉花茶，我看肯定名不虚传。"

"这个倒是可以品尝品尝。我建议点这个。"罗阿姨也立即附和。

仇老头鼻子哼哼的。想说什么，又憋了回去。

这个旅游团队是街道组织的，十多位参加者，互相并不都相识。老瞿携了老伴参加，因为退休之前是区人大代表，街道就请他当团长，压压阵，街道一位李副科长当秘书长，负责具体事务。这趟四川行，这些退休或下岗的成员，各有性格想法，有的也不是省油灯，难免磕磕碰碰的，老瞿觉得有点累，后悔接受了带队的任务。李副科长，忙前忙后，态度谦恭，也不愿意得罪任何一位，都是低头不见抬头见的街坊邻居，小李年轻，还要在街道发展呢！

这喝个茶，都要脸红脖子粗的，其他事情用脚指头都可以想到，有多麻烦了。众口难调呀。

既然仇老头住嘴了，老瞿也就表态了："就以茉莉花茶为主吧。不过，老仇，你想喝其他的，也可以的。一壶茶，也花不了多少钱，李科长你说是吧？"

李科长频频点头。心里却嘀咕：点多的话，也承受不起呀。毕竟，这是一个节俭团，一分一厘都得省着用的。他这个秘书长并不好当呀。

还好仇老头没吱声。

一壶茉莉花茶，配十多只盖碗。上茶了，香气芬芳馥郁，汤色黄绿明亮。大家举杯凑近鼻下闻之，又轻啜一口，都啧啧称赞。连仇老头也静静地品味着，竟难得地有一丝沉醉。

老瞿也轻抿一口，舌唇之间，感觉鲜爽而又醇厚。这茉莉花茶确实好喝。

他目光扫视了一下大家。瞥见门口那位精瘦老头朝他们张望了一下，又面无表情地垂下了眼帘。

这时，有一拨北方口音男子进来了，动静挺大。有一位还拍了拍小李科长，让他凳子往里挪挪，说挡住他们走路了。小李不惹事，便半站着，动了动位子。怀里还紧箍着挎肩包。那里用塑料袋包着一笔现金，是他们的部分活动经费。这些人不太愿意用卡。

新进店的男子闹腾了一会，听说茶馆里没有他们要的面食，就又嚷嚷着，离开了。

他们一走。茶馆里安静许多。老瞿他们继续品茶。另一侧，有几位当地小伙在结账，川妹子帮他们买好单，客客气气地送他们出了门。

约莫三分钟，小李科长忽然叫了一声："不好！好像少了东西！"大家的目光都聚焦于他。他手忙脚乱地打开挎肩包，伸手摸索，又打开拉链低头查看，脸色苍白。

那一包现金不见了。

这下，像捅了马蜂窝，大家都焦虑紧张起来。仇老头又是不冷不热语调："这点钱都管不好呀。大学都白读了。"刘老师他们也着急了："怎么回事？小李，你别开玩笑好吗？"

七嘴八舌的，也有几位让小李好好想想，怎么会丢呢？

是呀，刚刚进来时，背包沉沉的，那袋现金分明还在呀！

这时，小李恍然想到了什么，说"莫非是刚才那几位？"

仇老头插嘴道："还有刚刚出去的当地人，也有嫌疑！"

此时，老瞿发现墙角装有一个探头。他手一指，大家的眼睛都亮了起来。

可是川妹子的回答，让他们又失望了：这几天监控网络不好，正等修理。

仇老头首先就发飙了："那就是你们责任了，你们得赔！"

有人跟着呼应。

川妹子的脸红一阵、白一阵的，看来是措手不及抑或理屈词穷了。

"这个，要讲道理。找都没好好找，就怪人家店里。"上海口音。竟是那个无聊的瘦老头。是不是真无聊了，要管闲事了？

"你是啥人！"仇老头厉声发问。这回，他的话很合拍，说出了大家的心声。

"我也是上海人，是上海的'老克勒'。晓得和平饭店哦，我是常客。"瘦老头站了起来，缓缓走近他们。

"侬在这里做啥，上海人勿帮上海人，啥意思！'老克勒'算啥！老早过时了！"仇老头丝毫不买账。

"哈哈哈。"瘦老头大笑起来，"'老克勒'可以过时，但是我的本事不会过时。我告诉你们，你们的钱没人拿过，你们自己先好好找一找。"

　　这人说得这么坚决，大家有点将信将疑。小李等也低头在桌底下找了起来。忽然，小李抬头，往柜台上走去，那包钱赫然在目。他拍了拍自己的脑袋：哦，想起来了，是自己疏忽，刚才付茶款时，把它落在那里了。

　　钱袋没遗失，大家都松了一口气。可还有不解，这上海"老克勒"，怎么竟猜得这么精准呢？老头懒洋洋的，坐在那里，大家都视若无睹呀！

　　瘦老头笑了："要看是谁的眼睛。"大家盯视着那双眼睛，奇怪，之前暗淡无神的双眼，此刻竟微型聚光灯一般，炯炯有神。

　　川妹子在一旁说道："我舅舅是来成都玩的，他退休之前，是安保公司的队长呢！"

早就看出来了

明人和老王等几个人站在医院门口，迟疑不决。又有两个邻居匆匆走来，见着他们，神情颇为诧异："怎么不进去？难道赵五他，走了？""别瞎猜，听说已苏醒，脸部烧伤外，其他没有问题。"明人连忙制止。"那你们怎么不进去探望呀？"其中一位疑窦顿生了。"这……这……"老王开口了，吞吞吐吐，"有人说，这场火是他引发的。他在家打牌抽烟……"现场一片静寂。好一会儿，老王说："我看可能是这样的，他就喜欢喝酒，搓麻将，每天晚上都要闹到半夜。半夜里，我们都睡梦里了，谁会发现着火了呢！""这么看来，是他自己惹了祸，怕出人命，逐个敲了我们的门？"有人跟着嘀咕了一声。邻居刘大妈神色夸张地说："对呀对呀！我早看出来了。"

赵五家里排行老五，五十多岁了，前些年提前下岗了，无所事事，就爱找人在家喝大酒，搓麻将。喜爱清静的邻居对他很有意见，常常向物业投诉。物业找上门几次，赵五有所收敛，可爱玩耍的习性未改。

昨天半夜，明人和邻居们的房门被赵五敲响。赵五本有结巴，这回更严重了："快……快……快走了，着……着……着火了！"果然就嗅到一股刺鼻的烟味。在一片慌乱中，楼上楼下的十多户居民大人小孩，都匆忙下了楼道，大都睡眼惺忪，衣衫不整，有的甚至就裹着毯子，扶老携幼，惊慌失措。赵五却没下楼，还往楼上"噔噔噔"跑，明人问他上哪儿，他说，他去楼上通知其他人。"你自己注意安全！"明人提醒着他，扶着邻居一位老人下楼，看他急如星火地与自己擦肩而过。

安全撤到了楼下，消防车已呜呜地赶到了。十五六层烟雾滚滚。明人目光四下找寻，仍不见赵五的身影。坏了，他一定被困在楼里了。他连忙找到一位现场消防指挥，告知这一情况。消防员迅速问明情况，拿着对讲机下了命令。只见几位消防战士像蜘蛛人似的，飞速攀爬到了十五楼。高压水龙头的水柱也扑向了烟雾和火海。

当消防员把赵五从十五楼的烟雾中救下来时，他已昏迷不醒，面目全非。很多邻居当场就哽咽不止。载着赵五的救护车，飞驰而去。

"多亏了赵五呀！不是他敲门，我们都命运未卜！"邻居老王感叹了一句，其他邻居也附和着，点头称是。不少人泪挂双颊，既为赵五的行为感叹，也为他目前的状况揪心。

火很快扑灭了。不幸之中的大幸，除赵五外，楼内无一人伤亡。由于抢救及时，大火只在楼道一时猖獗，并未殃及各家室内。只有赵五家的门被烧成一团黑了。

一清早，明人提议去探望赵五。赵五是英雄，没有他——敲门，后果不堪设想。他们抵达医院门口时，碰到了一早就在忙乎的邻居刘大妈，她说，她想了半夜，这场火来得蹊跷，很有可能是赵五自己在家里抽烟燃了火，要不，他怎么会最先知道？而且也只有他家的门被

烧毁了。这一说，令大家都震惊了，连老王都嘟囔道："这个说法有
道理。"

又有几拨邻居过来了，他们也都是赶来探望赵五的。大家心里带
着怀疑，这场面确实有点尴尬。

沉吟了一会，明人开腔了："在事情还未弄清之前，这还只是猜
测。何况，赵五毕竟也是救了大家才烧成这样的。我们去看看他，也
是应该的。"

躺在重症病房的赵五，脸部被包扎得密不透风，只露出了两颗眼
珠和两只鼻孔。鼻孔里还插着一根管子，护士正在喂他进食。这让明
人多少有点宽慰。

赵五的妻子抽泣着说：这两天赵五身体不好，他们早早熄灯睡
了。突然，赵五从床上跳了起来，吓了她一跳，他使劲嗅了嗅，说声
"糟了！"连忙开门观望，又赶紧回屋，把她从床上拖了起来，一起
下了楼。刚下一层，他又独自返回了。妻子拉他不住，他说他要叫醒
邻居……

在场的邻居，都听着，好半天都不吭声，有的人欲言又止，老
王、刘大妈则表现得似信非信。

只有明人再三说道："谢谢赵五，真的谢谢赵五！"

几天后，火灾调查结果出来了，是楼道的电表间自燃。赵五的家
门正巧紧挨着电表间。

赵五真是英雄啊！老王、刘大妈挨家挨户串门，说要推荐他为
见义勇为的英雄。媒体来采访了，老王、刘大妈又抢先在镜头前露脸
了："赵五是英雄，我们早就看出来了……"

不愿同梯的女孩

电梯到了九楼，停了。明人心情再急迫，也不得不按捺住情绪。门缓缓启开，是一位女孩。又是她。明人看清了。她看看明人，并没进入电梯，明人语气温和："进来呀。"那女孩却摇摇头，转过脸去，退到了一边，让电梯门又缓缓地关上了。电梯下行，明人心里一暗，这位女孩怎么回事？不愿与自己同梯？这已是第二次了，他不由得冥思苦想起来。

前两个月，他也是一人，从这幢楼的最顶层十八楼办公室下楼，一路直下，快到九楼时，电梯渐行渐慢，停了。门启开时，还是这位女孩，她明显是在候梯的，她见轿厢里明人在，毫不迟疑地退后了一步，转向了另一边的电梯。明人当时就皱眉蹙额，这位女孩怎么这么奇怪，明明也是要坐这趟电梯的，见到他却避开了。她的面容有几分清秀，个子稍矮，头发漂染过，两眼闪亮。明人似曾相识，但他确信不认识她。后来，脑子里老想着公务事，把这个电梯小插曲也忘却了。这回又一次碰上，他不得不又起疑心了，这位女孩确实挺蹊跷的。

他使劲回忆，也想不起哪里见过她。这幢办公楼都属于他任职的单位，有几百号人上班，作为到任一年未满的一把手，明人除了集团层面的管理人员，还有下属单位的负责人之外，其余的还都不认识，他事务繁多，集团在办公楼外还有数十家单位，他还没来得跑遍。公司正处于转型发展关键时期，他殚精竭虑，忙得不可开交。他对员工也是和颜悦色的。他自觉心善面善，不至于令什么人反感乃至厌恶。但一位陌生女孩，两次不愿与他同梯，他就有点百思不得其解了。

这位女孩是哪个单位的？九楼是会议中心，各单位的共享空间，哪个单位的人员，都可能进出。她为什么要避开自己？是出于对他的尊重，甚或畏惧？还是自己真有什么地方，令她讨厌，避之不及？明人骨子里是一位完美主义者，他自小就想在待人处事的方方面面，尽善尽美，担任集团的一把手后，更是如此。他尊崇"每日三省吾身"的自律精神，也常常从他人的言谈举止中，去反思自己的不足。毋庸置疑，这回，这位显然工作不久的小女孩，给自己这位老干部、老同志，着实带来了某种暗示和警醒。

那天在负一层的大食堂吃完午饭，明人和办公室主任出来，在门口又看见了那位女孩，她正和几位女同事谈笑风生地走过。明人与办公室主任悄声低语："那位穿粉红色衣服的，是哪个单位的，了解一下。"办公室主任点头答应，神情却是有些疑惑的，这位女孩乍一看，就是刚从学堂出来的。董事长怎么会关注一个才出道的职员呢？董事长可是一个公认的正人君子呀。

虽有猜想，主任还是认真地进行了摸底，然后就向明人禀报了：这是一位刚入职的大学生，在业务拓展部工作，名叫芮新杏。对于明人来说，这似乎是一个陌生的名字，他沉吟不语。

又过几日，主任神秘兮兮地告诉明人，他做了深入研究，那女孩之所以不愿与大领导同梯，是因为她当天吃了大蒜，怕进了电梯，把大领导熏倒了。明人听了，再三问，她真是这么说的？主任发誓说，他找人问了，她真是这么回的，千真万确。明人再一次缄默了，也许是无法判定此说的真伪，也许是公务太忙，他无暇思考和应答。

过了好几周，有一场老同学聚会。时间在五一假期，明人拨冗参加了。觥筹交错之间，一位当年的同窗好友罗君告诉他，自己的女儿现在他手下工作，明人问：在哪个部门？罗君说：在投资公司的业务拓展部。明人那时还没对上号，只是随口又问了一句：她叫什么名字？罗君说：姓是随她母亲的，叫芮新杏。明人立马有触电式的感觉："这……这女孩……是你的……女儿？""没……没错呀。怎……怎么了？"连罗君都吃不准明人是何种意思了。明人连忙说："哦，没什么，碰到过，没说过话。"

罗君就抓住机会，向明人介绍他的女儿：海外学习三年，有独立见解。听说新任集团一把手是父亲同学，再三关照父亲不准向明人提起她，她要凭自己的智慧和能力，做出属于她的一番业绩来。

明人说："你女儿有志气，找时间，我和她聊一聊。""那太好了，我女儿需要您提携呀。"罗君说得很恳切。这一番天下父母挚诚的心情，明人能够理解。

又过了一段时间，明人在繁忙的工作之余，忽然想起了罗君的女儿，他差点把他的承诺抛诸九霄云外了。他连忙拿起电话，让办公室主任约罗君女儿一聊。半小时后，办公室主任报告说，那位九〇后的女孩，主动申请到公司新创建的贵州项目去任职了。她的态度很坚决，没有提出任何条件，唯有一条，到岗愈快愈好。她珍惜这个可以奉献自己青春韶华的机会。

明人拨了电话给罗君。罗君说，他已把明人要约她谈话的信息，传达给女儿了。没想到，女儿并不高兴，她说她要靠自己的努力，去创造属于自己的业绩："你找老同学帮我，我只要有了进步，都会有人以为我是依赖别人的支撑和庇护，我这和谁能说得清呀？我不想见，也不想依托你的老同学，去急功近利，去获取什么。你让我凭自己的实力，去努力，去奋争，我才是最踏实的。"

罗君说着他女儿的这番话，好久，明人沉默着，心里却浪潮滚滚。这个九〇后的女孩，竟然有这番骨气和志向，远远超出了她父亲的思维和格局，这是多么难能可贵的呀，时下，不正是太缺乏这样的年轻后生吗？

他想，自己不应该以上司抑或前辈的身份，去时时提醒这些年轻人，也许，在关键的时刻，在重要的环节，他会挺身而出，给他们以不可或缺的帮助。这才是有益于我们中华复兴伟兴人才的行为呀。

夜深了，办公室的灯光，接二连三地熄灭了，明人的心，渐渐亮堂了。

第三辑

诗人D的回归

退群

　　"明老师，您说我该怎么办才好？我真的不胜其烦，想退，拉不下面子，不知道大家怎么看我，背后又怎么议论我……骑虎难下呀！" 明人在学校任班主任时的一位学生林力，正带着抑郁情绪发着牢骚。

　　林力是个好脾气、好面子的乖乖男。毕业以来顺风顺水，十多年后在某市级机关担任了副处长一职。当初微信刚开始普及的时候，他曾加了不少好友，加入了不少群，岂料，这也成了他如今头疼脑晕的"元凶"。

　　"微信最根本的功能，无非是增加沟通联系的渠道，但现在群里各种信息狂轰滥炸，白天黑夜'自说自话'，还有铺天盖地的广告……时不时地，人家还会@你一下，你回答迟了，似有怠慢之嫌，不发话，人家不开心，我心累啊。"

　　"哎，微信的好处，也是不少的。但是，有些人不节制，各种观点、脾气和性格，甚至人性的各个方面，都会通过微信反映出来，像是社会的缩影。" 明人宽慰道。

　　"我实在是烦透了随时随地都有人找到我办这办那的，如果私下里发我微信，还好一些，至少就算回绝也不太伤人面子。可有的人就在群里指名道姓，直接说事，还真不好回答。有的是过了半夜了，还在发这种微信……" 林力很无语。而明人不禁想到了自己，情况和林力差不多，叮咚叮咚的群内信息，一刻不停，仿佛疾风骤雨拍打窗户。你刚回复了几句，后头又是一堆，应接不暇。明人暗暗摇了摇头，人不是万能的，自己怎么可能帮其他人解决一切问题呢。

林力说，他好几次寻思着，要不干脆退群算了。可一想到退群之后，群里还不把他当靶子打，打得体无完肤的，便打消了这个念头。另外，记得上小学那会，有时上课迟到了，路上都见不着同学的身影了，那种清寂空旷让他喘不过气来，当时连奔带跑，急慌慌的。估计真退群了，那感受就和"上课迟到，一人寂寞"一模一样吧。

明人同意，脱群的确是不好受的。不过，后来自己是到点就睡，也不管他们折腾多久了，单位有急事，可以打电话呀。其他事，白天有空再一一回复他们。

"群里不是所有人都能理解您的吧？"林力注视着明人，眼神依旧阴郁。

"是的。"明人回答。因时辰不早了，都还有事，就匆匆告辞了。

几个群，好几日不关注了。这天午餐时，明人随意浏览了一下，有点惊诧，好几人都在抨击林力，说"他有什么了不起的，瞧不起我们呀！"说"摆臭架子，不愿与我们为伍"，说"想当初不也和我一样，考试偷偷传纸条的，现在人模人样了"。更有人说："不就是让你办个小事嘛，有什么可以逃避的……"明人继续浏览，终于看到了这火药味的起始，那是林力发的最后一句话："向各位老师同学致歉了，本人因故主动退出本群。真有要事，可微信我。祝大家保重快乐。"后面是细小的一行字："林力退出群聊。"

明人担心林力有什么事，连忙拨了一个电话给林力，话是倒过来说的："你，挺勇敢呀，就这么退出了。"林力那边有些气喘吁吁，说："再不勇敢，我就忧郁症了。这还是第一个，接下去，再退几个，省下点时间，我跑步健身！管他呢！"听他说得挺自信的，明人跟着舒了口气。

让道

明人仰面朝天，手臂在划动，双腿蹬着水，他目光盯视着天花板，那里有一个叶片状的东西，似乎在微微挪动。他聚精会神地辨识，把紧箍着的游泳眼镜摘放在脑门上，天花板上那东西仿佛是知了一般大小的飞虫。

正放缓游速，细细查看中，脑袋被什么踩蹬了一下，他慌忙站直身子，脚底踩实了，回首一看，还是那个小孩，趴在蓝黄相间的浮板上，身子横穿泳道的隔离浮条，小脚丫正朝着自己又有力地蹬来。明人连忙避开。小孩兴许也感觉碰到他了，侧身朝他看了看。明人说："你怎么又游到这里了？"

方才，这个十岁左右的孩子，曾从边上的娱乐泳道，扒拉进了快速泳道，并迎面而来。幸亏明人抬头发现了，急忙扭动身子，往外骤转，才没撞上。明人的速度不慢，即便在水里，他一个臂膀甩出去，碰到孩子头上，分量也不会轻。

明人向池边的同伴金平挥了挥手，又指了指那个孩子，金平似乎明白了，在那头等孩子游近，和他说了一句什么。那孩子转身，又扒拉几下，从隔离浮下重返娱乐泳道了。傍晚泳池人不多，各游其道，当不成问题的。明人在水中朝金平拱手致意。金平耳朵进水发炎，只能在边上干坐着了。

没想到，这孩子又窜进了快速泳道。明人只得停止游动，待男孩靠近，他诚恳地劝慰道："你还是在那边游吧，要是我碰到你，你受不了的。"那男孩朝他瞪瞪眼，似懂非懂地游开了。

明人又开始蹬腿挥臂，游动起来。见泳道前方无人，他又180度地转身，仰泳起来。或俯或仰，让他游得轻松舒畅。同时，他还想好好探究一下，这在天花板上的，到底是什么东西。眼睛近视，那东西一时难以辨认。他睁大眼睛，还是看不清楚，下不了结论。

从余光里，他发觉那个男孩，又闯进了快速泳道，他赶紧收手收腿，避让一边。那男孩旁若无人地游了过去。金平在池边又看见了，他走过来，明人连游带走，兴味索然地也到了泳池的一头。金平说："这孩子不听话，你管他呢，蹬他两下，他就怕了。"金平是城管的小头头，比明人小好几岁，他的脾性不似明人这般忍让。

明人想起年幼时期，明人带这发小玩耍，他们在夹硬壳核桃，调皮的金平把门开开关关的，弄得嘭嘭直响。明人的父亲过来劝阻了他们，还告诫明人："他还小，别不小心把手指夹到了，你要负责的。"这是父亲的忠告，也是一条做人的醒世恒言："你年长，就得负责，就得当心。"此时，明人又想起了这句话，他想对金平说，但还是没说。他只说道："我让他吧，他还是孩子。"明人瞅了瞅男孩的游向，自觉地往外侧游去。交错时，他特意留神了一下，给男孩让出了足够的空间。

金平看不下去了，他要去训斥男孩，明人死劲摆手，坚持制止了他。明人笑说："你怎么和孩子一般计较。还记得你念小学时的那次过道风波吗？"金平眨眨眼，说："记得呀。这和今天这事有什么关系？"明人说："你好好想想，有没有关系？"

那时，金平和同班同学，与同年级另一班的几个皮大王发生了冲突。情况很简单，金平和同班同学，路过另一班的教室门口，过道上的那拨皮大王就故意阻挡甚至恶语相向。金平他们就向高年级的明人告状，请他去"摆平这批浑蛋"。明人去了，但是君子动口不动手，苦口婆心劝说，有的人被说动了，有的则还爆粗口，要流氓腔。金平脾气躁，捋了袖子，准备动手，被明人劝住了。他对悻悻的金平说："他们不让道，是他们小错，你一动手，你就大错了。"明人去找了老师，老师狠狠批评了这些皮大王，事情大为缓和了，过道也顺畅多了。金平和同学们也心情愉悦了。

"哦，对了，我去找男孩家长。"金平蓦然开悟。明人笑了，一个鱼跃，又向前游去。

明人放心地仰首水面，大幅度地挥动手和腿。他凝视着那个叶状物，近距和远距，终于看清了，这分明是粉顶的一处起壳剥落，露出了深灰色的水泥本色，形同一只蝉蛹……

诗人D的回归

楼下物业通报说："你家来了一位客人，姓董。"明人云里雾里，想不起来是哪位。骤然一个声若洪钟的嗓音嗡嗡地传来："我是董飞呀。"明人愣怔了片刻，才发出回音："是诗人D，你怎么，回来了？"声音分明还带着一点怀疑。"你就把我堵在门口说话呀？芝麻、芝麻，快开门吧。"明人恍然醒来："好、好，快上来。"

明人把房门打开迎候。心里思忖，这诗人D不是在洛杉矶吗？怎么悄无声息地就来了，不会有什么问题吧？高大而又肌肤呈小麦色的诗人D，大步走来，做出了准备拥抱的姿态，同时朗声道："放心，我经过了14加7的隔离，核酸检测三次都是阴性。"明人正在退缩的身子，也不由得扭捏起来。他捶击了对方一拳："到了也不先说一声，搞突然袭击呀！""不是隔离一到期就来了嘛，想让老兄有个惊喜啊！"诗人D微笑，也回击了明人一拳。

明人连忙嘱家人备酒备菜。上次还是三年前，明人也略备薄酒相待。毕竟十多年没见了。不过，那时诗人D有些低落。嘴角时常抿着，眼光黯然，心事重重。都知道他生意做得风生水起的。没想到，他本人这般精神萎靡。他首先扯起了诗的话题，也谈了他近期创作的几首诗。明人让他朗诵几首，他说，没兴致。他倒是脱口而出一位名诗人的诗句："那时我们有梦／关于文学／关于爱情／关于穿越世界的旅行／如今我们深夜饮酒／杯子碰到一起／都是梦破碎的声音。"他情绪仿佛就浸泡在那只酒杯里，神情倦怠。他说他十分迷茫，想回来干事，毕竟奔六十了。可他不知能干什么。他说他是来向明人讨教的。明人直话直说："别来这一套！什么主意，说来听听。"

诗人D是明人年轻时的诗友。当年，他激情澎湃，在诗歌的海洋里畅游。他的诗句阳光灿烂，意境高远，配上他的抑扬顿挫的朗读，很富有感染力："黄浦江啊，我的保姆。没有人，能比得上您对我的慈祥和爱抚！"在文学沙龙，他朗诵时的表情和气度，引发许多年轻女孩对他的爱慕。那时，他名声虽不如舒婷、北岛之类，但也时常出入各类文学活动，毫不羞涩地诵读自己的诗作。尽管有人说他的诗句太直露，但谁也不能否定他情绪的饱满、情感的真挚坦诚。

几年后，随着一股潮流，他去了美国。走前，他和许多人说，他需要诗，更需要美金。诗人D的称呼，由此传开。这D既是他姓的首拼，也是dollar（美金）的代称。又多年后，都在说诗人D在做唐人街的生意，赚得不能说盆满钵满，在华人圈，也是半个富翁了。

现在诗人D有心回归，却茫然如在大海漂浮的小舟。明人说："你自己怎么想的，就怎么说呗，不用拐弯抹角，你不是这种风格。"似乎是被明人激活了，诗人D几句话便表述了自己的想法："搞一个既能赚钱，也有文化品位的项目，比如与某知名拍卖行联手，建立一个海外艺术展销中心，我认识好多海外的艺术家……"

对此，明人不乏一贯的对他人事业的鼓励之心。来时，诗人D眼神迷茫，去时，他又恢复了当年众目睽睽下诵读时的炯炯目光。

诗人D在沪逗留了一年多，殚精竭虑地筹备，最终项目还在空悬。他又匆匆返回洛杉矶了，那边的业务呈衰败之象。

后来新冠病毒像一堵墙，给异域的往来，造成极大阻碍。诗人D的讯息也寥寥无几。

这回诗人D似乎从天而降。和诗人D的交谈，是从明人正再次阅读的那本《苏东坡传》起头的。"林语堂的？"诗人D问。"没错。"明人答。"东坡离开京师，才会出好诗。"诗人D说。"没错，不过京师应该是他的诗流传影响最大的地方。"明人说。

"我喜欢他的《赤壁怀古》词，大气、豪气，无诗可比之气"，诗人D又说。他沉吟一会，说："听说你退二线了？这可不像你这拼命三郎的作风呀。是没奔头了？"

明人一笑道："人生各有志，此论我久持，他人闻定笑，聊与吾子期。再说，人生由简到繁，这个年龄了，该是由繁至简才对。要说奔头，精神的升华，是永无止境的。没错的话，你是不是也在选择？"他抿嘴一笑。都是老友了，这点心事能够揣摩得到。诗人D笑了，似乎已胸有成竹。

不久就听有人讥讽，诗人D搞了个书院，专研东坡等文人官员，门面冷清，可罗雀。明人笑道："冷清并不错，太热闹反违初衷。"他又说，"且走着瞧，诗人D这回说不定选准了路。我这就想去一看呢！"

别人的时间

　　正品着茶，心情不错，手机铃响了。秦力犹豫了下，最终还是接了。通话结束，则抱怨道："莫名其妙！"

　　他素来挺绅士的，谁把他烦成这样？明人用探询的目光注视着秦力，后获悉，原来是刘阿斗又来缠人了。这位刘阿斗是明人和秦力的初中同学，原名刘和豆，当年，班主任老师看他人高马大的，让他担任副班长，但他只会鼓捣三寸不烂之舌，什么活动都组织不了。班主任老师失望了，同学们叫刘和豆扶不起的刘阿斗。刘阿斗在一家国企工作，一有事，比如帮小外孙找幼儿园、买房子需要咨询等，就喜欢笑眯眯地打扰明人和秦力，各种戴高帽子，说他们能量大，所以自己找他们帮忙。

　　秦力感叹："有的人不把别人的时间当时间呀，你我都是惜时如金的人。我几乎每周都会有这样的朋友和熟人找来。明人你的职位比我高，我可以想象，你经历得更多。"

　　明人说："助人一臂之力，也是人之常情。只是我们更受累了。"

　　秦力摇了摇头："助人为乐，我们都懂。可是，无节制地，将情分视为本分，这就反而不近人情了。我不说我了，就说你，公务忙得没日没夜，自己连游泳健身都没时间，可是那些人就是饭来张口衣来伸手的德行。就说这刘阿斗，我和你都为他的事忙得够呛，他倒一会儿三亚一会儿北海，到处去休闲旅游。有一回，他找我托一个人，好不容易找着了，人家第二天要出差，答应今天抽空和他见一面，我打了他半天电话都不接。我中午匆匆扒了几口饭，心急火燎地赶到他家。你猜猜，他在干什么？一桌人在'筑长城'，据说从一早就干上了，还规定，手机都扔一边，谁都不接电话。这场面把我气得血压骤升，甩手就走了……他跟我说好道美，但我好一阵子没搭理他。"

"还有呀，我告诉你，有的人就是不自觉，什么能者多劳呀，什么朋友有难众人帮呀，统统是托词。能者自有要做的事，你无能，就什么都让能人帮，那还不让无能者占尽便宜？！还有，所谓的难，是真正要救急的，是生命的救护和生计的维持，如果什么事都依赖朋友，这是不是有点过分？"

秦力机关枪似的嗒嗒地说着，明人深有感触。被诸多情感束缚，自己也许终究不是一个纵横捭阖的人，只是一介都市凡人。自己迫切地需要更多属于个人的时间，做自己要做的事，去实现自己年轻时代的瑰丽之梦。一直操心着别人的大事小事，不是挤走自己的时间了吗？

正沉思间，明人的手机振动了。接过一听，是一位老同事，说明人身居高位，一览众山小，可否给他的小舅子找个好差使干干呢？另外，从上海坐高铁，到成都，应该坐哪个班次呢？明人苦笑了一下。他眉头一皱，但随即计上心来，平心静气地回复道："我给你推荐两个朋友吧，当下算是'网红'了。"老同事挺高兴："好呀，太好了，找明人就是不错，能人嘛！"明人笑道："你也不要这么说。"还特意强调说，不是广告哦。老同事说，只要能管事，什么都可以。明人轻轻一晒，说，一个是人才市场网，还有一个，称得上是"万宝全书先生"，它叫百度。

秦力在一旁，竖起大拇指，也掩着嘴笑了。

老杨认友

老杨是明人的老领导，他退休之后，依然新朋旧友如云。

一日，明人拜访老杨，正巧有一个机关的副处长也来造访。此人看似谦和，对老杨不住地赞美，多是德高望重、平易近人之类的用词，间或也恭维老杨乐于助人、桃李满天下。等他走后，明人问："这个人真的可交吗？"老杨答："他虽无半句所托，但我凭直觉，认为他并不可交。话语太谄媚，临走又加了你明人这个在职领导的微信……"

没过几天，那人果然拜访了明人，有所求。明人婉拒，把经过向老杨说了，赞道："您真有眼力，这点时间，就看透了他的心思。""阅人无数，总会有一些获得。"老杨说，"你周末来茶叙，我让你再见识几位。"

那天，老杨的庭院，先有一位小伙子寡言少语地坐着，见到明人礼貌地点了点头。他帮老杨处理了一些繁杂琐碎的事宜后，空下来，便默默喝茶，并不多话。之后，明人又看到了一个陌生的男子，粗黑的肌肤，胡子拉碴的。老杨介绍说，这是他有过一面之交的东北朋友。那东北朋友一落座，就爽朗热情地跟老杨聊起来，最后，有点难为情地开口，向老杨和明人咨询他女儿毕业后工作的一些问题。老杨说："这样吧，我还是要先看你女儿的简历。"东北朋友告辞后，老杨对明人表示，如果孩子不够优秀，他是不会当推荐人的。"那么，孩子的父亲，可交吗？"明人再问。老杨反问道："你说呢？"明人猜测："可交与可不交之间？"老杨微笑。

说话间，院子的门铃清脆地响起。那位一直独自品茗，却显然很有教养的小伙子小俞，就起身去开门了。随后，有一位精干的小伙子，着一身运动装，迈着轻快的步子，尾随小俞而入。

"杨伯，这位先生说，是与您约好的。"小俞说。

精干的小伙子说："杨伯伯，我是李平的儿子，小李子，在出版社工作的。"小李子说完，朝老杨欠身致意。老杨请他坐下，先走开了一会。小李子打量了明人一眼，主动搭讪道："您好，您是……？"

明人说："我是老杨的老部下。""哦哦，杨伯伯的老部下真多，好多人都任要职了。不知道您在哪里高就啊？"明人开始并不想作答，但发觉小李子有着刨根问底、不追问到结果不罢休的精神，就简单敷衍了几句，同时，不免心生厌烦。

小俞礼貌地给小李子递上了一杯热茶，小李子眼珠一转，又转向了小俞，笑嘻嘻地问道："你是杨伯伯的家里人吧？"小俞不置可否，笑笑说："您请坐。"说完，又去忙什么事务了。

过了一会，老杨回来了。小李子笑容满面地迎向了他。他们交谈时，明人借故上洗手间，暂时回避了。返回时，那位小李子已经走了，明人忽觉一阵轻松。

老杨说："小俞经常来我这里，从不问这问那的，也不找我办这办那的。他是淡泊的，也是真心和我相处，有点君子之交的感觉。而那位叫小李子的，只限这一面之交了。唉，他远不如我的老战友李平啊……"老杨摇摇头。

明人笑道："不管怎么说，老马识途，老杨认友，这是江湖一绝呀。"

你要卖房吗?

"你看到小俞在朋友圈发的信息吗,就这些天的?"老严问。

"当然,每天十多条。"明人回道。

两人都很疑惑,小俞最近为什么频频"曝光"居所问题。一会说停车难;一会说楼道拥挤;一会说左邻右舍、楼上楼下,俗人太多;一会说有户人家哥哥对妹妹不好;一会说有位老爷叔想装电梯多年,其他人不同意,害得老爷叔下楼难……

明人想:小俞怎么回事呢?不是之前都说,那边住得挺实惠,性价比挺高吗?现在,怎么尽是一地鸡毛甚至凄凄惨惨的事例?

之前,大家聊天,小俞说,还是他父母那边住处好,虽是二十世纪七八十年代的老公房,生活却很便利,价廉物美的。吃个早餐,选择余地都大,大富贵、小绍兴、德兴馆等,都设了店,热热闹闹的,人气旺盛。房子是旧了些,小区的氛围浓,家长里短的,众人皆知根知底。小俞说他住得蛮惬意的,有人要买这套房子,他还劝父母不卖呢!

老严逗他:"你自己买的城郊接合部的两房两厅出租了,新房子不住,住父母家的旧房子,境界挺高呀。"

小俞笑嘻嘻："你想住的话，我可以租给你呀。"

老严笑："不必了。"

"你是不是要卖房了？"明人给小俞发了一则微信。

"哎哟，明哥如何知道的？我正为这事忙得够呛！"小俞很快回复了。

"明哥，我已预订了浦江镇的一套房子，你知道，高架建好了，交通便捷多了，正好有朋友向我介绍了这个刚开盘的楼盘，我把自己郊外的新房子卖了，父母也同意，正卖老房子呢！房产公司在催首付呢！"小俞发来一段话，坦诚直白，像他的个性。

"你之前不是舍不得老房子吗？还老说是黄金地段，送你别墅也不搬。这回倒想明白了？"明人问。

"没办法，两个孩子大了，老房子太拥挤了，父母亲岁数大了，也休息不好。另外，要上学，总得找个好点的学区房吧，这次下决心该买的买，该卖的卖。"小俞和盘托出。

老严发声了："那你以前把老房子说得花好稻好的，现在怎么就说得有点'那个'呢？"这老严从来都是直来直去，穷追猛打的。

小俞连发几个微笑表情，还有一串抱拳表情："我给你们留下这个印象了吗？见笑见笑，其实，这两天，老父老母都在和我唠嗑，说的都是邻里这些事。我有感而发，也就发朋友圈了。"

"虽无贬义，还是道出了你想尽快卖了老房子的心情。是吧？"明人和风细雨。

"那倒是的。我现在急迫得很，都准备割肉抛售了。你们知道吗？连和我交情一般的邻居都多次串门来了。刚才又来了，原来他们不是买房的，是听说我们卖房了，问可否把阳台上的晒衣架转赠……
那晒衣架是我让朋友工厂定制的，没想到人还没搬走，晒衣架就被惦
记上了。人家这么一提，我就有点不好意思了，毕竟是多年邻居，又
都是朝九晚五，辛苦大半辈子的，人家生活也不容易。"

"小俞呀，至少，你卖房时还发这些，不虚虚假假，不自卖自
夸，你就是个好人，诚实的人！"

老严也闭嘴了，随着明人发了好几个跷起的大拇指表情。

"祝小俞买房卖房如意！"好几个同学也发来微信。

小俞连连作揖。同学圈一时笑意盈盈。

猫与帽

当那顶高顶棒球帽飞落在地时，空气瞬间像是凝固了，所有人的目光，都汇在瞿双佳和他太太脸上。

在座的都是老朋友，三天两头地聚聊。瞿双佳这些年不算顺畅，在某高校学生处副处长的岗位上原地踏步了好多年，平时还为学生授课，循规蹈矩，一丝不苟。而约知己喝酒聊天时，他就比较没遮没拦了，嬉笑怒骂，只图放松、娱乐。

一沾酒，瞿双佳话就多，而且会赖在座位上，一待好几个小时。有几次子时才摇摇晃晃回家，他太太就很生气，之后，得空了，他太太就陪同参加聚会，对他实施监督。瞿太太姓毛，有人说，瞿双佳碰见毛，如同老鼠碰见猫，饭桌上话也少了，原先的刻薄乖戾也收敛许多。

那回，瞿双佳借酒装疯，说话荤素不分，也没把太太当一回事，太太遂一把拍飞了他的棒球帽——这顶棒球帽是瞿双佳的最爱。款式挺"潮"的，黑色，网眼透气，更令他的大头脸显得帅气了些许。总之，帽子被太太一撸到地后，瞿双佳脸色霎时变样，双目像要喷出火来。老实人一般不发火，发起火来非同一般。明人和老友都连忙打圆场。有人还向他太太解释，这帽子是有象征意义的，万不可随意丢弄。瞿太太再强悍，也懂得几分夫贵妻荣的道理，再看老公的脸色，她也顺驴下坡，把帽子拾掇好，恭恭敬敬，笑模笑样地，把它重又给老公戴上。又自斟了一盅酒，像煞有介事地，向老公和诸君敬了一杯。现场气氛和瞿双佳的脸色一样，才渐渐又缓和起来。

周末夜晚，老友又一聚。瞿双佳开喝不久，其妻也尾随而来。他只是独自饮酒，少有开口说话。明人理解他，知道他一天工作下来不易，想和他多聊几句，喝闷酒只会加重心情抑郁。况且，听说某位学生干部在网上发了不雅言论，学校找瞿问话，大有追责的可能。瞿双佳正闷得慌，可刚说了几句，不知为何，一位老友酒劲上头，说话有点毛糙，瞿太太不客气，把筷子狠狠扔在桌面上，这双筷子竟弹跳着，借着冲力，把搁在桌角的那顶帽子，给顶出了桌面。

大家屏息敛气，注视着这对夫妇。瞿心里还气鼓鼓的，怒目瞪着那位老友，不想动弹。那老友一脸懵，也带点委屈，只是一句酒话而已，用得着这么肝火暴怒吗？瞿双佳不吱声，抿了一口酒，又抿了一口酒，再抿了一口酒。明人息事宁人，把帽子拾了起来，掸了掸尘灰，又搁在了桌沿上，说了几句轻松的话，场面又回暖了些。

没过多久，瞿双佳要去上厕所。回来时，像出了一口气，或者撇开沉重包袱的样子。他又埋首喝了几盅酒，突然就戴上棒球帽，说告辞了。太太也连忙站起身，说了一句："你怎么说走就走呀？"拿了手机等，匆忙跟了上去。

再后来，大家发现网上有一个视频正在传播，拍的是酒店大堂有一个男子，看见一只猫咪挡在脚下，本欲绕开，突改主意，猛然一脚把猫踢开了。该视频发布者呼吁见者转发，人肉搜索这没人性的男子。

踢猫男竟是瞿双佳。

明人赶紧拨了他的电话，忙音，还是忙音。又换拨了他太太的电话，忙音，也是忙音。

茫然而立，明人忽觉一阵钻心之痛。

小区"双娇"

听说小区"双娇"也在，薛记者激动了，屈臂捏拳，撺掇明人赶紧应承。他正为市电台采稿呢。

来电话的是苏老师。曾是明人的班主任。苏老师一直在中学任教，退休有些年月了，他说，有几位学生来看他，其中就有当年名声大噪的小区"双娇"，他请明人也来坐坐。正采访明人的薛记者，算是明人的"忘年交"了，也心血来潮，随明人叫了辆车，不出十五分钟，就叩响了苏老师的家门。

那几位比明人年轻很多，又比薛记者年长一些的苏老师的学生，已围坐在苏老师身边，谈笑风生。

被誉为小区"双娇"的两位女生，温雅贤淑，也显得成熟大方。明人在她们孩童时见过两人，后来早早搬离这个职工新村了。有一年，这个新村小区同时出了两个高考"状元"，消息不胫而走。明人还向苏老师祝贺过。后来，又听说这两位颇有出息，从名校毕业后，都在自身的科研领域业绩卓著，去年双双荣获全国杰出青年称号，又一次在小区家家热议，形成轰动。

"双娇"一位姓韩，一位姓孙。韩姓父母做点生意，家资殷实。

孙姓父亲早亡，母亲病退在家，家境困难些。但她们两人读书都很用功，一个年级，还一个班级，一个是班长，一个是团支书，学习成绩不相上下，都遥遥领先众人。

气氛稍见活跃，薛记者就按捺不住了，冷不丁就来了一句："你们在学校都这么争先恐后的，就没闹出不愉快的事来？"明人拿眼瞪了瞪他，这话题未免有些敏感吧，毕竟大家刚刚认识不久。再睃了一眼苏老师，只见他微微含笑，抿了一口香茶，眼帘低垂。那边，同坐一张三人沙发的"双娇"，都是似乎早有预料的神情，她们相视一笑，又面向各位，笑灿灿的。

小韩说道："怎么可能没有呢，我们那时较着劲，不肯输一分的。有一次年末考试，我物理比她少了三分，回家躲在被窝里哭了半天，连晚饭都没吃，父母好说歹说的，才让我心稍宽，迷迷糊糊睡着了，脸上还挂着泪水。梦里还在咒她，她有一本练习册，我问她借几天，她只给了我一天时间。我能不恼怒她吗？"

小孙说："那时我们常常视对方为对手，严加防范，也穷追不舍。听说她晚上做功课，十一点前从不歇手，我就做到十一点半，从我家卫生间看得见她家的窗，她灯不熄，我也硬挺着不睡觉。"

"她们都是好学生，又都要强，两人呀，关系一度很让我担心呢！"苏老师抚了抚花白的头发，也补上了一句。

薛记者又像打了鸡血，更来劲了，双目圆睁："快说说，具体的故事。""双娇"都笑了。她们无拘无束的样子，顺水下面似的，你一句，我一句地说开了。

她们说在两人你追我赶、争强好胜，又互相个头账的时刻，碰上了一件事。年末考试时，她们成绩总分相等，但小韩首先急不可耐了。因为她发现了小孙的一个小秘密，是小孙自己不小心透露的，说是英语考试时，前座的同学把做好的试卷举了举，已答完卷的小孙不经意地瞥了一眼，视力极棒的她，瞥见最上端的选择题的答案，与自己似乎不一致。她又埋头推敲了一遍，一激灵，发现真是自己错了，连忙改了过来。不然，这一分绝对是丢失了的。小韩向苏老师悄悄告了密。拉下小孙这一分，年末冠军就非自己莫属了。

不料，有人传话给她，说小孙也向苏老师举报了她，说是明明已到收卷的时候了，小韩还不肯交卷，在语文试卷上，又匆匆加了几个字。监考老师从她手上抽走了试卷。小韩气不打一处来，牙齿咬得咯咯响，那一刻，她朝小孙脸上猛咬一口的心，都有了。然而，苏老师笑吟吟的，对她们都不提对方的告状，他说："别多想什么，你们都是好学生，这次，你们并列第一，今后，也好好加油，互相学习。记住，你们是同学，可以比学赶帮超，但，你们不是对手，更不是敌人！你们心胸要开阔，目光要看远。"这些话，令她们醍醐灌顶。

苏老师后来又在课余给她们讲了很多道理。她们心里的疙瘩化解了，学习的劲头也更足了。

那年，她们以高分，分别被北京大学、清华大学录取。双双赴京深造，又双双留京工作。"双娇"之名，在她们居住的小区，乃至更大范围，光彩夺目。

这一切，苏老师是乐在心中的。他抿一口茶，脸上笑意舒展，也让明人心情畅快。

育人先育德。苏老师是尽心尽力呀。明人与薛记者都不由得赞叹。

　　苏老师谦谦一笑。薛记者又急不可耐地发问道："那么，你们俩这么拼命读书的初心是什么呢？"这家伙打开录音笔，正期待着这两位杰出青年豪迈的答案呢。

　　小孙先说道："当时只想考个好成绩，可以多拿学校奖励，给我妈妈补点家用。"

　　薛记者明显不满意。又转脸向小韩。

　　小韩不紧不慢地说："就只想超过小孙，不能输给她！"说完，她自己也咯咯地笑了。苏老师和明人也会心地笑了。

　　把个薛记者惊得目瞪口呆地傻站了好久。

送错了的外卖

物业刘阿姨的门禁对讲响过之后，明人就匆匆套上外衣，把房门打开了，戴着头盔、蒙着口罩的外卖小伙子，正要把一纸袋的外卖搁在门外的鞋柜上，明人伸手接过了。道过谢之后，关上门，把纸袋搁在饭桌上，去卫生间梳洗了一番，收掇停当，他把纸袋打开了。是几个汤菜盛得满满的塑料盒。热乎乎，还飘溢着香味。袋里还装有一瓶手指大小的消毒水。这家店还真够周全的。他扫了一眼纸袋上夹着的条子，那叫外卖小票纸，上面注明是越南菜，右上角还特意用笔涂了一行字："客户要求多加一点汤。"

他一开始想的是，老妈还挺慈爱细心的，一早去亲戚家，出门前，怕自己早饭吃不香，还让人送了外卖来。可后来想想，又觉不对，老妈年纪大了，手机玩不来，从不会叫外卖，不可能是她所为。要不，她是让上班的儿子代叫的？但这也大有疑问，儿子从不喜欢吃外卖，宁愿自己煮碗面条。更何况，明人对越南菜并不青睐，这家里人都知道，怎么就像从天上掉下了这美味早餐呢？！

仔细想过，又细心察看了外卖小票纸条，发现客户的姓名一栏，写着蒙先生，而非明先生，莫非张冠李戴了？再看送货地址，竟说客户要求隐藏了，只让外卖小哥知道。这下，明人有点糊涂了。但稍冷静后，他还是断定，这外卖一定是送错人家了。

他打了电话问老妈，老妈用不来手机，打了好几回，才接听，结果如明人所料，她根本没叫过，或让家人叫过外卖。

他又在外卖小票纸上，找到这家越南菜饭店的电话，对方问了他单子上端外卖的号码，说他们会尽快联系外卖小哥的。

明人放下电话，锅里放了水，点火，开始煮面，还磕了一个鸡蛋，顺便做了一只水潜蛋。油醋姜蒜，一应调配好，咕噜噜吃下去一半时，忽然发现纸袋还在，已过了半个时辰，怎么还没来拿呢？！他竟有些着急，放下碗筷，提上纸袋就奔下楼去。

底楼大堂，物业刘阿姨见他急匆匆的，还拿个纸袋，有些诧异。他说了大概，物业刘阿姨才像刚刚醒来："哦，刚才说是明先生的外卖，我都有些奇怪，从来没有看你点过外卖。肯定是外卖小哥看错地址，名也叫含混了。不过，既然你已打过店家电话，做到位了，等他们来就是了，何必这么着急呢？！"

明人摇摇头说："不行呀，你看这饭菜都快凉了，外卖小哥一定很急，那等着早餐的客户也一定很急。"

明人刚说完，忽然一位穿着蓝白相间的纯棉衣裤，一看就是病号的年轻女子急如星火地走进大楼。她脸色灰白，眼睛里还带着一丝困倦，神情十分着急。她说"这是送错的外卖吧？我向您道歉，真是不好意思了，我要赶紧送给隔壁那幢楼的客户"。

刘阿姨上下打量着她，狐疑地问道："你，是谁？"

女子急忙解释道，她是这一单外卖小哥的妻子。她老公打电话给她，说要晚点来送餐，有一单外卖送错楼号了，他把手上的另两个单子先送完，回头把送错的调整好之后，再赶到医院来："你喜欢吃的菜包子，我带着呢！"电话那头，他气喘吁吁的，还不忘说上这么一句。让她温情暖心。她说她愣神了一会儿，坐不住了，起身，悄悄溜出医院，骑了一辆单车，记着老公刚提及的路名和楼号，费力地蹬车，二十分多钟后，找到了这里。

她说，她想大家都很急的，她不能光躺在病房里呀。话音未落，那位外卖小哥就出现了。看得出很焦急，脱下口罩，脸上都是汗。他见到妻子，也是一脸惊讶，继而又是一阵心疼："老婆，你住院，怎么出来了，你……你真是……"

"我想帮帮你，也是想早点见到你呀！"年轻女子的脸上，飞起一抹淡淡的红晕。

她发现明人和刘阿姨都看着他们，更不好意思了，推了推外卖小哥："还不谢谢人家阿叔阿姨，再赶快把外卖送到客户手上，我还想尽快吃我想吃的包子呢！"

小伙子向明人和刘阿姨鞠了一躬。转身提了外卖，飞快地奔出楼去。年轻女子又叮嘱了一句："当心。我就在楼下等你啦！"

声音甜脆，在这明净的上午，像鸟儿的鸣啭，让人感到欢快悦耳……

第四辑

妈妈的红烧肉

交警老田

　　小罗从警校毕业，被安排到交警大队工作，他的师傅就是老田。

　　老田四十多岁了，还只是一个副支队长，每天带队到路上巡查。有人悄悄与小罗咬耳朵："你师傅这里，有问题！"他指指自己的胳膊肘，意味深长地说。小罗不解，追问了一句："什么意思呀？"那人并不直言回答，只是笑眯眯地说："你自己去好好观察吧。"

　　小罗到路上巡查第一天，就发觉一所小学门口的道路旁，停了一辆车。不用说，这一定是违章的。学校门口的一定范围内，不容许停车，这是明摆着的道理，哪位冒失鬼这么没脑子呢？他心里一笑："呵呵，算你倒霉，今天撞在我的枪口下了。"他得意了，步子也飞快起来，还不忘通过对讲机，向师傅老田报告了情况。师傅听他叙述，也断定是一起违章停车。小罗身子更轻盈了，很快就来到了车边，毫不犹豫地在车前玻璃上，贴上了一张罚单。

　　没多久，小罗就见一位三十来岁的魁梧男子，牵着一个背着书包的女孩，走到了车旁。男子探头看了看罚单，回头朝地上也仔细查看了一下，便一把撕下了罚单，抬起目光寻觅着什么。直到目光与小罗相碰，他向小罗招了招手。小罗走了过去。

"是你贴的单子吗？我怎么违章了？"魁梧男子挺直了身躯，质问道。

"学校门口这条路旁，是不能停车的。"小罗平静地说道。

"你没看见吗？这不有好多辆停着吗？"男子中气很足，振振有词的模样。

"他们都停在车位上，你不是。"小罗仍然冷静沉稳地解释道。

"我这里不是画着车位吗？你仔细看看。"男子依然不让步。

地面确有一个车位的痕迹，不过，这应该已是废除的了，上面还有淡淡的涂抹的色块，因为日晒雨淋，已经淡去不少。但，色块毕竟还是存在的。这里停车，违规无疑呀！

小罗自然坚持自己的观点。

男子不服，说要投诉。小罗报告了师傅老田。师傅很快就骑着摩托车过来了。

他听了男子的申辩，蹲下身，在地面上查看了很久，也皱眉思考，然后微笑地转向他们。

小罗以为师傅绝对是力挺自己的，他这么仔细查看和思忖，肯定有有说服力的论据。

没想到，师傅说："这次就不罚了。这车位标志没彻底清除干净，我们管理部门有责任。"

这回男子高兴了："这位老同志实事求是！"

小罗则有些发蒙，后来想起人家告诉他的话。他感觉师傅老田，真的有些怪异。

之后，师傅老田放了那男子，又打了电话给设施部门，让他们迅速来现场，把车位线处置到位，然后拍了拍小罗的肩膀说："这事也不怪你，你也没错。"但此刻小罗，心已有一番纠结。

没几天，又碰到一件事。有一辆奔驰车停在一家商场门口。小罗等了好久，不见有人来，便按规定让牵引车把它拖到停车场了，贴了一张通知在地上。

小半天后，他的手机响了。一个陌生男子的声音气咻咻的："我怎么违规了？你把我车拖到哪了？"

小罗到了现场。师傅老田也到了。小罗对正气呼呼的男子说："商场门前不能停车。"

男子指着地上的车位线说："这不是车位吗？"

"这是商场自己画的，不行的。"小罗事先已做了了解，态度很坚决。

"我怎么知道是谁画的呢？有车位，就可以停呀。"男子也毫不示弱。

师傅老田咳了一声。小罗和男子都把目光投到他的脸上。

小罗完全相信，师傅是会给力的。不料，师傅竟放了那男子一马，说："这事怪不得顾客，还得责成商场整改！"

小罗憋着气。他忽然明白了，原来师傅的胳膊肘真是有问题：朝外弯呀！

这算哪门子事呢！

小罗对师傅老田真有意见了。

那天，他随师傅巡查。有一辆车在缓慢行驶。师傅果断地把那辆车拦下了。

那是一位上了年纪的先生，被拦下时，还有点莫名其妙。

师傅沉着脸说："老先生，你开车，还在看手机，不知道这多危险吗？"

老先生愣了一会。才点点头："同志你眼睛这么尖呀，我就发了一条信息，就被你看到了。"

"老先生，要罚你。罚你主要是让你记住，也是为了你今后的安全。"师傅说。

老先生说："你既然这么说，我就接受处罚！"他接过了罚单，还向师傅鞠了一躬。

他转身上车离去时，还向师傅和小罗挥了挥手。

小罗看着也挥手还礼的师傅的目光，仿佛又明白了许多。

海外有个好项目

车从S城的中山路经过，明人窗外扫视了一眼，就瞥见那幢深蓝色的以欧式风格演绎的建筑，模样依旧如前两年，店招广告却不见了。

听说近期几家主客户都退租了，不知业主能否承受得住，又在做何打算呢？

记忆的线头回到了好多年前。那年，明人参加一个海外考察团。重点是F国。同行的还有一位国有企业董事长L。L董事长身材匀称，个子却不过一米六。但走路抬头挺胸，看人也是仰首自信满满。有一种不可小觑的气场。

他们出发时，明人接到了老强的电话，老强是位民营企业家，他们在会上碰到聊过。老强说"听说你们要去F国考察，可以到我的一个开发项目去看看"。老强简单介绍了他的项目，明人也转述给L董事长和各位考察组成员，L董事长最先表态了："算了吧，我们在F国的员工已安排了项目，他这个项目就不看了吧。"明人也知道老强的名气不响，好像项目多半也是小打小闹的，特地去F国看老强的项目，确实有些奇奇怪怪的，他自然也婉拒了老强的邀请。

这一次的考察真是排得满满的。这归功于一家旅游公司，他们

116

把项目方案做得紧凑而到位。在F国的Y城，他们在机场附近，还特地参观一个在建的时尚项目。五六万平方米的建筑，欧式风格，大胆使用了深蓝色，准备打造一个时尚的商业中心。接待他们的是几位老外，为首的是一位魁梧身材配个大脑门，目光锐利，气宇轩昂的当地汉子。他头头是道地介绍，语气和表情也显示出对这个项目充满了自豪。明人也看到这项目有不少亮点，最为惊讶的是，这样一个建筑和经营业态及模式都不乏创新的项目，业主已精打细磨快六年了。假若在国内，三年完全就搞定了。这真是令人感慨的。

L董事长当场就表态，他期待和他们合作，在S城也打造这样的项目。他愿全力以赴。

这时，那气宇轩昂的当地汉子，却像大姑娘似的羞涩起来，说话也嗫嚅了，明人和L董事长不解其意。汉子的同行插了一句："这我们没法表态，因为我们不是老板，就是打工的。"

明人和L董事长恍然大悟。L董事长脑子转得快，顺手拍了拍当地男子的臂膀，说："你们可以转告你们老板的，我说话算数呀！"L董事长的话掷地有声，也呈现一位地方官员特有的豪气。

在后续的考察中，明人才渐渐察觉，这个项目的投资人，似乎是华人。后来几次询问，果然如此。他忽然想到了老强。难道这项目就是老强投资的？他踌躇了一下，还是拨通了电话。还没说两句，他就确信，这真是当初老强推荐他们看的项目。没想到，他们谢绝了，第三方的旅游公司却早已安排在内。

气宇轩昂的男子接过电话，与他的老板老强兴奋地介绍着什么，目光不时地投向L董事长。L董事长起先也绝对没想到，这个项目是华人投资的，而且投资方就是老强。他似乎对方才信誓旦旦的一番话，有点小小地后悔。所以，一直没吱声。但男子把手机递给他，示意他接听电话时，他犹疑了一会，还是接过了手机。

语调要比刚才松软许多，不过，意思还是表达得很清晰："没想到是你的项目。项目果然不错，S城现在新城大建设，也很欢迎这类项目落户。"

他们商定，在考察团回国后就见面洽谈。

如此看来，这次考察成功已见端倪。大家自然高兴。L董事长也几次叹道："没想到，这样一个好项目，是强总这样的民营企业家投资的。"

按计划，是项目方安排的午餐，气宇轩昂的男子坐了主人位，还坚持开了一瓶当地产的好年份红酒。说是"既欢迎各位远道而来，也预祝合作顺利愉快"。L董事长代表考察团先喝一杯。站在气宇轩昂的男子身边，他昂首挺胸，一口吞下一杯酒，那架势，一点不输给气宇轩昂的男子。

餐后，他们就返程了。机场离项目地很近，这样的安排也顺理成章。难怪，事后，老强也多次说："你们本不想看我的项目，最后还是看了。真有意思。""是呀，我们原先以为看的是F国人的项目，哪知道竟然是你的呢？可见你的实力，还有我们民营企业在海外的投资，不可低估呀。"明人说道。

后来L董事长与老强的合作，还是明人听说的。

L董事长回来后，过了两个月，才与老强见面。L董事长有存量土地，他愿意与老强合作，并就具体合作方式进行了深入而细致的洽谈。谈得还比较顺风顺水。最后，L董事长又强调两点，老强要以F国公司名义出现，这样，项目才与中外合资沾边，他们公司也算引进了一个外资项目。这一点难度不小，老强思忖半晌，答应去努力。

另一点，L董事长说：项目名称要洋气，最好与国外品牌沾边。比如喜来登、沃尔玛之类。老强这回笑出了声："喜来登是酒店品牌，沃尔玛是大卖场，与时尚商业中心不搭界，不过，你的意思我明白，不就是喜来×，喜×多或者巴黎春日之类名字嘛，这容易得很。我在F国的项目，用的名字是前进，你懂的，前进也是钱进，拼音一字不差，老外市长也来过，听了不觉得俗，还认为挺有创意呢！"

但有一点，老强没答应L董事长。L董建议工期长一些，做一个细工出妙活的建筑来。老强的脑袋摇得像筛子："不行，这不行。成本太高。老兄，这是国内，不是国外。何况这么晚建成，你要是调了，不也享受不了这胜利的果实吗？"

项目两年半速成。第一拨招商据说很红火，如同这幢建筑欧式风格的变异，又运用了S城几无先例的深蓝色，金属灯之类的装饰，一度笼络了众人的目光，使此地成为"网红"打卡点。但经营效益似乎并不显著。

好久不见L董事长了。明人拨了个电话，问起这个项目的情况。

L董事长说："大亏。董事会刚决定，出让项目股权，不和假洋鬼子玩了。"

明人莫名地心一沉。忽然什么都不想说了。

蛇皮袋里的花生

邹总的老母亲端上一碟花生米。他双眼都放光了："还是我老妈懂我呀。"随手就捏了一颗，把壳一摁，花生米就顺着手指，哧溜进了口腔，"真香呀，这家乡的花生米。"

明人笑着也抓了一颗，剥开，扔进嘴里，嚼了几下，确实挺香的。不过，吃着有点甜，却不爽脆。

"这是……生的？"明人纳闷。

"怎么会是生的呢？"邹总停止咀嚼，嗔怪道。

明人知道，自己又陷入了与邹总多年来的"生熟之争"了。

也不知何时开始的，明人与这位老同学就什么是生花生，什么是熟花生，生花生香还是熟花生香这类问题，时常会发生辩论。明人有时瞪视着邹总，说他犯糊涂。说起来，这位老同学也是身家上亿了，可他竟连这些一清二楚的事，都不能分辨！还常常情绪激动，寸步不让地与明人争辩。

这回，明人是利用休假，陪同老同学回老家，看望他的老母亲。还没开饭，两人就为老问题争执起来，明人怕老人敏感不适，便自己举起双手来："算我输，算我输，在此处不辩了。"他想的是息事宁人。可邹总却着了魔似的"猖狂"："什么叫算你输了，就是你输了，还老不服气。""你这小子顺杆往上爬吧！"明人捶了捶他的肩。"咦，你还偏不信，我妈在，你问问她。"邹总真来劲了。

老母亲正端菜上来，虽近八十了，动作也迟缓了，儿子和他朋友来了，她乐颠颠的，忙得高兴。

老人耳不背，刚才儿子和明人的对话，她大都听懂了。她笑说："你们都没说错。"

"哎，妈妈，不可这么捣糨糊的。"邹总说道，怕母亲没听懂，又赶紧补上一句，"打马虎眼！"

老母亲听得很不明白，竟自咯咯地笑了起来。随后，她讲述了邹总小时候的顽皮事。

那时，家里贫寒，为了过年有点吃的，总得要备些东西。那年，邹总父亲帮人家打工，没拿到多少工钱，却拿回了一袋花生米。

他怕邹总和邹总弟弟偷吃了，就用一个蛇皮袋装好了，口子扎得紧紧的，倒悬着吊挂在房梁上。这样孩子不太容易够着，够着了，也不敢解口子。口子真开了，花生米就会竹筒子倒豆子般砸下来，就难收拾了。

邹总父亲还为自己的这一招得意。快到除夕时，把那袋花生拿下来一看，愣了。蛇皮袋朝天的地方，开了两个拳头大的孔，花生少了一半，分量大为减轻了。

那一定是两个儿子干的。找来讯问，邹总他们挺老实，都招了。

原来他们一个肩驮着另一个，在蛇皮袋上方掏花生，每周都要掏几次，吃得从来没有这么开心过。

从此，他们就记住这个味了。

被揭了"疮疤"，邹总还很得意。

"这花生多美味呀。是我童年最美味的记忆。只是，当时把父亲气坏了。我要向他的在天之灵，道一声歉。"

邹总的父亲已过世多年。

"你爸爸呀，当年就原谅了你们。他斥骂了你们，到屋子里就掉泪了。说：'我们穷，苦了孩子了。'"

少顷，邹总母亲又说："还有一个，我得说明，我儿小时候偷吃吃的，是生花生。生花生比熟花生，放的时间要长些。他爸除夕就想炒熟花生的，后来一看吃了一半了，干脆也就不炒了。我儿就一直认这个生花生的味！"

"所以，你们有赢有输，打平了。"邹总母亲像孩子一样欢笑着。

明人与邹总也相视而笑。手都伸长了，伸向了那一碟花生。

不愿长大的孙子

奶奶病重的时候，特别想孙子斌斌。她整日看着孙子的照片发呆。

孙子在英国留学。这个夏天就可以毕业了。

斌斌妈妈轻声对她说："妈妈，你会好起来的，斌斌也快回来了。"

奶奶眼睫毛微微一动。消瘦苍白而又皱纹密布的脸上，也露出了些许微笑。

孙子斌是很乖的一个孩子。小时候就话不多，常常缠在奶奶边上，听她讲各种家里的往事。奶奶的爷爷、奶奶、爸爸、妈妈，奶奶的兄弟姐妹，还有许多或悲或喜的事，都已成为历史的回忆。

孙子斌扑闪着那双明亮的眼睛，似懂非懂地倾听着，听得似乎很入迷。但也并不多问什么。

在奶奶的记忆里，孙子斌就是这样有些内向，但也颇懂事的孩子。

孙子斌留学之前，还听奶奶唠叨了大半夜。他耐心地听着，坐在奶奶的身边，乖顺而又依恋不舍的模样。

留学期间，还时不时地给她电话，问候她，嘱咐她保重身体。奶奶每次听过电话后，都笑得合不拢嘴。她享受孩子的这份爱。

不过，她心中始终还是有一个疙瘩。那就是孙子小时候，她每次对他说："斌斌，奶奶盼你快快长大。"斌斌就会突然脸色沉郁，双唇翕动，好半天憋出一句话："不要，我不要。"声音短促，而且生硬。

有次，奶奶还追问过他："斌斌你为何不想快快长大呀？长大可以干很多事呀。"

斌斌摇着头，透着一股倔强："不要，就是不要。"

奶奶以为他是留恋无忧无虑的童年生活，也就不再多问。不过，她感觉得到，斌斌心里像藏着什么，他憋着劲在读书，也从不惹事，对长辈，特别是自己，挺孝顺的。

奶奶奄奄一息的时候，孙子斌正好毕业考试结束，他迅速返回了国内。下了飞机就直奔医院。见到奶奶，就握住她瘦骨嶙峋的手，轻声细语地唤她。

奶奶回光返照似的清醒了，看着孙子那张胡子拉碴的脸，既心疼又欣慰："斌斌呀，你是一个男子汉了！你终于长大了。奶奶高兴，奶奶高兴，奶奶盼望已久呀！"

斌斌说："奶奶，您要好好的，我也有好多故事，想讲给您听呢。"

"好、好。你先说一个吧。"

"奶奶，我先告诉您我的一个秘密。您知道我为什么不想快快长大吗？"

奶奶混浊的目光仿佛清亮起来。

"我那时就想，我不想长大，也不想快快长大，因为我长大了，奶奶您就老了。"

奶奶眼窝一热，嘴里说："傻斌斌，你总要长大，奶奶也总会老的。"

"可我舍不得奶奶呀！"斌斌双目噙泪。奶奶的泪珠子也成串地掉落："有斌斌这片心，奶奶死也无憾了。"

没几天，奶奶仙逝了。

妈妈告诉斌斌，奶奶得这病，有十多年了。"你知道她为何老盼你快快长大吗？她是想能活着看你长成。她还关照，不让你知道她得病，怕你从小心中有阴影。"

斌斌泪流满面，伫立在奶奶的遗像前，久久没有动弹。

哈雷健身

明人步入健身房，就瞥见哈雷在吭哧吭哧地做着仰卧起坐，估计接近自己的极限了，气喘，速度缓慢，大汗淋漓。哈雷也在余光里看见明人了，最后快速而艰难地又坚持了三次，从器具上下来，笑迎明人。

明人捣了他一拳肩膀，说："可以呀，现在都成健身王子了。"

此言不虚。这家健身房每月推出一位健身王子和一位健身公主，还把他们的照片放大，贴在大堂墙上，哈雷已连续数月夺得王子称号。哈雷不好意思地说："那还不是多亏你明哥的……引……引导！"

哈雷说话不结巴，这回，倒是不由自主的。明人大笑："你是想说我引诱你吧。"哈雷也跟着大笑起来。

哈雷体弱多病，病恹恹的模样，从不运动。多半因此未有女友。明人每周会安排几次，到小区附近的健身房锻炼锻炼，到游泳池活动活动。他把哈雷也带了去。先是游泳，哈雷说他是旱鸭子，下不了水。明人在泳池来回，哈雷就坐在池边的椅上观望。脖子不停地转动，两眼光闪闪的，透着一种兴奋。随着他的目光看去，是穿着泳装的健美女子在劈波斩浪，浪里白条呀。哈雷是被这吸睛了。明人一笑，带他来时，明人就说："健身房、游泳池是具活力的地方，你会着迷的。"没想到，这哈雷竟先被这迷上了。哈哈，食色性也，哈雷三十好几，还打光棍呢，不好这一口，似乎也不正常。由他去吧。

可有一回晚饭后，明人去游泳，哈雷尾巴似的跟着他。明亮而梦幻般的灯光水池，氤氲着一种躁动。一个标准的泳池里，只有一个女子在游泳。她忽而抬头呼气，忽而扎入水中，箍着泳帽和泳镜，依稀可见她身材窈窕，肌肤白嫩，相貌姣好。还未等明人下水游上一圈，就见那女子攀上梯子，用长毛巾裹住身子，连看都没看他们一眼，旁若无人地匆匆走了。明人觉得这挺蹊跷，这女子他们似乎也不认识，怎么感觉视他们为不善之辈了呢？！

及至回头扫视了哈雷一眼，才忽然有点明白。哈雷两眼直勾勾的，在追随甚或捕捉那女子的身影，直至那身影消隐于门外大堂。

之后，哈雷说，他要学游泳，即便在泳池泡着，抑或瞎扑腾，都比坐在上边好，下了水，那些女子就不会对他另眼相看了吧。明人窃喜，这真是他希望看到的第一步。哈雷终于下水了，起先套着个救生圈，像孩童似的玩耍，渐渐地，跟着明人也会狗爬式地游浮几下了。

游浮之时，眼光忍不住，老是瞟向裸露大腿的泳女。身子就往水下沉，人也显得慌乱起来。

很多时候，并没有靓女出现，男人扎堆，孩子也吵吵嚷嚷的。哈雷兴趣就不高了，加上游泳本身挺枯燥，渐渐地，他又赖在岸上了。

明人也改变了主意，带他去健身房看看。健身房里人不算多，各人都在折磨自己。一个胖女子脸憋得通红，还死举着杠铃，教练劝她放下，她还蹲着，坚持了一会，放下时，大口喘气。另有一位小伙子，在扩胸器上做引体向上，最后两次，仿佛用上了浑身的气力，咬牙切齿，面目全非。还有一位五十来岁的女子趴在地上，半抬臀部，手脚触地，往前爬行。哈雷看得呆了，明人拍了拍他说，这叫熊爬，有利于肩颈脊椎，也有利于血液循环呢。自然，哈雷的目光时不时被那些身型健美的男女牵引，满是欣羡和敬服。

明人投入了锻炼，哈雷旁观，闲逛，东望望，西瞅瞅，心也被牵动了。他从那些健身者的眼光里，既看到了对他的冷淡，也看到了某种挑战。闲着也是闲着，他按捺不住了，某一天，买了一套运动衣，开始跟随明人运动起来。哈雷与他哥哥有一家小企业，平常由哥哥做主打理，哈雷的时间比公务缠身的明人宽裕多了，下定决心，就走到了现在，上身的六块肌肉都显出特别的线条和力量来。

明人开他玩笑："你健身时还溜眼美女吗？"哈雷咯咯地笑："溜呀，不过，更多的是她们溜我。"

"那一位'美眉'进展如何了呢？"明人笑问。"很好呀，我都上她家见过双亲了。"哈雷露齿一笑，牙洁白，当初苍白的面颊健康而红润。明人想，这位朋友，总算快要"脱单"了。

兄弟情谊

这是二十世纪的事了。

听说伯伯要来上海了，还是孩子的我心里生出一丝欢喜来。伯伯在扬州，来的次数不多，上次还是两年前来的，他带着一挂鞭炮，短短如大人的手掌长，我已欢呼雀跃了。虽然，那一挂鞭炮，我不小心把过年穿的长裤炸出了一个洞。

伯伯到来的那天，房间里的气氛，有些沉闷。他们谈的是什么，我一点也没记住。伯伯瘦削，面色灰暗，目光也颇显阴郁，整个人给我留下了郁郁寡欢的印象。

初时，还以为，父亲是嫌弃乡下人。那时，上海这边对乡下来的都不感冒。长大了才知道，父亲和伯伯不睦。

父亲随伯伯一起逃难到上海，先跟着干杂活，再学做修鞋，之后，又双双被招进了上海港做码头工人。伯伯的活比父亲稍显轻松些。那一年上海动员回乡，伯伯抵不住一次性补贴的诱惑，只身返回老家，把已半身不遂的老母亲留在了我们家。那时我刚出生，父母亲拉扯着两个姐姐，赡养着奶奶，日子过得很艰难。父亲找了伯伯。伯伯勉强留下一点钱，算是赡养老母亲的份子钱。临走时，我父亲不在家，他让我坐月子的母亲钻到床底下，把修鞋的家什拾掇了出来，其中一部分还是我父亲的，他都悉数拿走，带回老家了。从此，对老母亲也不管不顾。老母亲故去，父亲把她送回老家安葬，伯伯才出了面。老家的那几幢房子，伯伯也独占了。

伯伯几次来沪，是他那点补助钱早就花光了，他想找港区部门要求回来，让父亲帮他游说。他哭丧着脸，那脸色也是给父亲看的。

父亲对伯伯的过分期望一筹莫展。父亲只是一位普通职工，兢兢业业的工作者而已。

虽有隔阂，但父亲心里是有兄弟情谊的，知道伯伯在乡下过得不好。伯伯有好多个孩子，有的和我差不多年龄。父亲常常记挂着他们，每逢秋风吹刮，他就张罗着把我们的旧衣服收拾了，打好包，给他们寄去。孩子们有时来上海，我们家仅一间房，十来平方米，够挤的了，父亲让他们与我们同住同吃，充满爱怜。

那年，突然接到电报，说伯伯病危。父亲连忙请假直奔老家。也许那一刻，那点恩怨早在父亲心里化解了。伯伯的后事，是父亲操持的。临走时，还多留了点钱给伯母。没提任何事。

事隔一年，伯母猝死。父亲和母亲又连夜赶回。

父亲是个老劳模。他常说，他是小时候随他哥哥趴在小火车车顶到上海的。我现在深深感到，他对伯伯的感激、挚情和深深的怀恋……

兄弟一场，五百年都修不来。无关恩怨。

放下手机

"饭菜烧好了。可以吃饭了。"老母亲蹒跚着走到明人面前，说了一句。

"早着呢！待会吧。"明人瞥了一眼手机屏幕右上角，只有十一点半，自己的文章还只写到一半，肚子也没叫嚷，妈妈什么意思嘛。

"我是告诉你饭菜好了。"妈妈噘着嘴，又说了一句。那神情仿佛还有后半句：你什么时候吃随便呀。

明人双眼又盯着手机，手指不断划动着。一上午就坐沙发上了。他习惯这样写作，几次老母亲要和他说话，他埋首手机，仿佛老僧入定。他没搭理母亲。母亲在他面前来回过几次，想和他说什么，看他忙着，也不吱声地离开了。

直到饭菜烧好，她告知明人。仿佛是没话找话。这个点，离平时午间开饭，确实还有半个时辰。

儿子来了。坐到了餐桌上。老母亲和他絮叨了几句。准备开饭。明人便放下了手机。坐到了桌旁。儿子不常准时回家吃饭。这是难得的美妙时光。

明人关切地问候了他。儿子"嗯"了一声，头也没抬，目光紧紧咬住手机，玩得挺投入。

明人扒拉几口饭菜，总想和儿子再聊些什么。看儿子一眼，说了一句，儿子没动弹，又提高声调说了一句。儿子才"嗯"了一声。也不多说，继续玩他的手机

明人心里有点堵。看着儿子的面容，自己的心里有几分失落。

眼睛的余光里，他感觉老母亲正注视着自己。转脸望去，老母亲若无其事地避开了。

他忽然想起，一上午，自己也只顾在手机上写作，母亲几次与他说话，他就像儿子此刻的模样，不多加理会。他在心里叹了口气。

是的，放下一会儿手机，面对自己的亲人，就这么难吗？

饭桌上，明人先把手机放在一边，边吃边与母亲絮叨着。渐渐地，儿子也放下了手机，目光与他们时不时地对接，也交谈了起来。

久仰，久仰

这个大型企业座谈会，明人提前到了，与已到的企业家主动问好、交谈。他看到一位小个子男人，那人长得挺精神的，席卡上写着熟悉的名字：王正大。

明人走过去，伸手相握，由衷地说道："久仰，久仰，你是个成功企业家。你是我太太和孩子的共同偶像呀。"男子赶紧起身，诚惶诚恐："不敢当，不敢当。""你真是创新奇才，每几个月就推出一款新游戏，我儿子佩服得五体投地。我太太也跟着玩，连广场舞都放弃了。"

男子皱了皱眉，想说什么，明人拍了拍他肩膀，说："你真不用客气！我说的不是客套话，你能把文学名著与游戏结合得如此巧妙，不仅吸引了这么多年轻人，连上了年纪的男男女女也被迷住了，不是神奇是什么。"

"领导，不，这……"男子还急着想说什么，明人把他打断了："哎，我说的都是真话。你听我说，我还有很多问题要向你讨教呢。王总，你的灵感从什么地方来？你的团队是怎么样的结构？还有，我们在机关工作的，还能帮你们做些什么……"

　　明人滔滔不绝，有些信马由缰，他是想抓住会前的这点时间，与这位第一次见面的知名企业家好好地聊聊。而王总却似乎有些神不守舍，是今天的状态不佳吗？

　　明人还没来得及寻思，眼帘一抬，见另一位小个子男子走了过来，边上还有一位会议工作人员。那位工作人员向明人介绍说："这是王总，王正大老总。"明人以为自己听错了，赶忙问了一句："你说什么？他是王……"工作人员回答得毫不含糊："是呀，他是龙泉网络游戏公司董事长王总，王正大老总，领导。"

　　明人惊呆了，他看了看先前的那位小个子男子，目光透出了疑惑。

　　那位先前的小个子急急忙忙地说道："领导，这位才是真正的王总。我是海燕公司的刘朋。我刚才几次想和您说，您……您认错人了，可您没让我有说话的余地。"明人看看席卡，又看看眼前这两位小个子男子。先前的那位又连忙解释："这也怪我，我刚才不注意，坐错了一个位置。"

　　明人此时站在那里，一时说不上话来。无论如何，他为自己的急迫和莽撞尴尬不已。

134

妈妈的红烧肉

明人外边走了一圈回家，屋子里静悄悄的，老母亲竟然坐在沙发上打盹。那色斑和皱纹交织的脸庞，是带着微微苦笑的一种神情。

明人的心被揪疼了。

吃了早饭，明人再三叮嘱母亲，不要再忙着拣菜、烧菜了。今天太阳暖融融的，还是去晒晒。中午饭下点馄饨或水饺就可以了，冰箱里都存着，很方便的。母亲似听非听，动作缓慢地收拾着桌上的碗筷，也不吭一声。

此刻十点多，母亲确实如前几天一样，没在忙碌饭菜，但她神色萎靡地坐在那儿，双目半闭，嘴巴张开，似有轻微的鼾声时不时响起，那种老态仿佛也愈发凸现了。和前段的状态，明显差了好大一截呀。

半年多前，母亲就茶饭不思，睡眠不香。她老是一个人坐在沙发上发呆。明人来探望她。她总是唉声叹气的，一会儿说头疼，一会儿又说腰酸，走路也跌跌撞撞的，蹒跚而行。

父亲早逝。母亲一人居家，新冠疫情全球肆虐之后，她更是深居简出，家人和亲朋好友也走动和相聚得少了。明人抽出时间，几乎天天来关心。还陪母亲上了几次医院，检查，诊治，配了药。即便如此，他发现，母亲仍是无精打采，情绪低落。趁着工作转到了清闲一些的岗位，明人干脆吃睡在母亲家里，这样能多多照应母亲。母亲见儿子同住，早晨很早即起，给明人做早餐，上午还坚持要做午餐。

一开始，母亲稍忙点，就疲累了。但也是神奇，没多久，母亲精神却好多了。每天下厨，一上午可以张罗三四个菜，其中就有明人爱吃的红烧肉。母亲的红烧肉煮得真是令人垂涎欲滴，色泽红里透黑，肉香扑鼻，吃口略甜，入口即化，油而不腻。明人吃得真津津有味。

明人发觉，母亲的身体状况也明显好多了。笑容也多了，说话声也比以前响亮了。

当然，母亲上午一直忙着做饭菜，忙得陀螺转，虽然是一个慢陀螺，毕竟还是陀螺，连歇一会的时间都没有。

明人不忍母亲这么操劳，反复劝说母亲，不用这么吃力，饭菜他吃外卖，或者叫上钟点工来安排。让她在阳台上多晒晒太阳，轻松休闲些。母亲没答应，还是自己忙前忙后，不辞辛苦地操劳。

直至有一天明人虎着脸，瓮声瓮气地数落了几句，甚至说了一句重话："你真别太累了，你这几个菜，我也吃厌了。"如此，母亲目光黯淡下来，翌日才不再那么坚持了。

明人没想到的是，也没几个礼拜，母亲的精气神似乎又衰弱了。她步履趔趄，神情恍惚，愁眉苦脸，又退回到了病态的日子。他向几位医生朋友讨教过，母亲该吃的药一直没断，可情况怎么又回到过去了呢？

他忽然想到自己，这好几个月也是空落落的，从快节奏的岗位，转到这半退休的位子，自己还真是不太适应。幸好自己有读书和写作的爱好，赶紧做了个计划，每天安排一些时间，全身心投入，心里渐渐踏实了起来。这么一想，他忽然觉得自己对母亲做错了什么。

他推了推正在迷糊中的母亲，说："妈妈，我想吃你烧的红烧肉了！"

老母亲眼睛陡地睁开，定睛看着明人："红烧肉？你想吃，红烧肉？好，好，妈妈马上给你烧！"

老母亲来了精神，站起身，困意全无，踅进厨房，就马不停蹄，手脚利索地切肉、配料、洗濯、点火、开锅……

当母亲端上诱人的红烧肉时，明人发现，老母亲的脸竟红扑扑的，那双眼睛也亮亮的，有一种愉悦的光泽……

第五辑

水声哗哗

水声哗哗

明人每每进出小区，常常见到这位保安，他面色黧黑，膀阔腰圆，身板挺直地站在小区门口，神情严肃，带着苏中口音，一丝不苟地测温，核查健康码，指挥人员车辆有序进出。明人有一种和这黑面保安聊聊的冲动，但因为匆忙，也一直未及顾上。

这晚，都快半夜了，楼下十楼传来争吵。是两个女声，一个尖细嘶吼，一个声音暗哑，但也有点歇斯底里，吵得有些针尖对麦芒，不可开交。不一会，又听到了苏中口音的男声，压低了嗓音，应该是在劝慰双方，直至先后两声砰砰的关门声，楼道忽然就安静了下来。不用说，两位女主角都进屋了，然后是保安下楼梯的轻微的脚步声。

这楼下门对门居住的，明人都认识，怎么就会半夜发生冲突呢？明人也不曾细想，又昏昏欲睡的，早就过了点了，就熄灯睡了。第二天中午回家，就见十〇一室的尤美女，正向另一位保安申诉，说十〇二的女人过分了。连续两天，自己半夜疲惫地回家，洗澡中，门突然被拍得震天响。她战战兢兢地裹着衣袍，从猫眼里望出去，却是对门的中年妇人，那人脸上神情疲沓又气势汹汹的。自己还以为是谁呢，一把拉开门，对着正向自己声讨的妇人，一阵咆哮，尤美女说"昨晚你也这么砸门了是吧？等我洗好开门，早不见鬼影子了。你哪根神经搭错了，要这个时候责难？"那女人说："你老是这个点回来，水声哗哗的，动静搞这么大，你还让人家睡不睡觉？"

尤美人说她听了火冒三丈，斥责中也带着明显的解释："你要睡觉，我不要睡呀？！怕吵了邻居，我轻手轻脚地，一进了门，就连鞋也不穿了，还要怎么样呀？我总不能不卸妆不洗浴，就睡了吧！"尤美人是位话剧演员，每天演出到深夜。她本想说自己是职业特殊，想早也早不了，但她对保安和明人自嘲道："我怕她以为我是夜总会的，就没提。"大家都被她说笑了。这时，黑面保安走了过来，他说了一句："十〇二是位老师。我们这楼房建得早，墙壁不厚。水落管的声音不小，夜深人静时，这声音的确吵人。这位老师听说神经衰落。""神经衰弱就可发脾气呀？门捶得这么响，不是更吵人嘛！"尤美人不服气，心里头还窝着好大的火。"是呀，都不要生气，吵吵闹闹的，吵了四方邻居，也伤身体。"黑面保安轻声细语道。尤美人斜了他一眼，又从头到脚地打量了一下黑面保安："你们保安，要有点知识，要公平公道，要讲道理哦。"黑面保安嘿嘿一笑："尤老师放心，我们文化程度没你们高，不过，我们会尽心尽责的。"尤美人朝他瞪瞪眼，一声不吭地走了。黑面保安告知明人，十〇二室老师一早上班，他也劝了她几句。那老师也朝他翻了翻眼珠子，什么话都没说。边上小保安插言道："人家都是有身份的，怎么会看得起我们。"黑面保安脸一虎："怎么了，保安身份就差人一截了？保安也是人民的勤务兵！"说着，他脸色庄重起来，腰板也更挺直了。明人想问什么，黑面保安已礼貌地向他告辞，说去忙其他工作了。

　　是日下午，明人在一楼大堂电梯口的公告栏内，看见有人贴了一张A4纸大小的小字报，凑近一读，是尤美人写的，大意是对昨夜之事的不满。未点谁，但知晓者心知肚明。晚餐后，紧挨着，又多了一张同样大小的纸，上边是对半夜影响别人睡眠的批评，下面署着室号十〇二室。看来两位互不相让，而且"武"斗转为文斗了。明人叹了口气，比她们年长的老邻居，恐怕要出场做点工作了。

　　但小区快走回来，借着灯光，他看到公告栏下方又加添了一张纸。上面有几行字，端正而又标准的魏体："墙薄心宽厚，礼让人不忧。邻里好，赛金宝！"

　　这话也正是明人想对这两位邻居说的话。楼内的人，也在这句话后边，纷纷写"赞"。

　　当夜乃至以后的十楼，都平静如常，安好无争。

　　这天，小保安得意地告诉明人，那两句话是他哥写的。"你哥？"明人迷茫。"就是他呀！我认他当大哥！"小保安指了指正在门口值勤的黑面保安。"他很有本事的，我告诉您，他之前，在天安门站过岗。哦，对了，他还是我们公司读书会主席呢！"不远处，黑面保安的面容显得愈发亲切起来。

地铁上

深夜，明人快步进入地铁站。

站台上乘客摩肩接踵，都想赶这趟末班车。

车来了，最后下车的前脚刚跨出车门，上车的就挤了上去。明人是最后挤上的。座位早就不奢望了，找了中间扶杆空当处，两脚与肩齐宽，呈八字步站稳了。车身起步，摇晃不止。他还算笃定站立。边上一位陌生男子，口罩蒙面，看不清模样，不过从他的前额和头发判断，估计已过知天命之年。他戴的眼镜，是老式的玳瑁材质，镜片不薄。

他肩挎一个圆柱背包，破旧，而且拉链处已有脱线，背带绷得有点紧，里面装的东西看似易碎品。上了车，他也不放在地上。车身移动，背包跟着晃动，他手又拽紧了。有一段地铁摇晃幅度大，背包重重地撞击到了明人和一位年轻人。年轻人朝男子瞪了瞪眼睛，表情很不悦，明人也皱了皱眉，不得不往后退了退，尽量避开些。那男子还是不把背包放下，似乎置放在地上，背包就会立即倾倒。背包时不时晃动，近处的几位乘客，都避开了。渐渐地，还有一种怪味，从背包里散出，微微刺鼻。那年轻人还凑近嗅了嗅，眉头也皱了起来。

车厢里有一种小小的骚动。明人明显地感觉到了。那个男子似乎仍木知木觉，背包里像装着宝物，抓得紧紧的。

站点到了，稍稍有点急刹车，一位原本坐着的老妇人恰好起身，没抓住扶手，人失控地往前冲去，眼看就要跌倒时，那男子急忙伸手去拉扶，老妇人借着他的臂力，扭了一下身子，抓住扶杆，在明人的搀扶下，终于站稳了。男子的背包却飞落在地，包在脱线处扯开了，包里的东西也跟着散落了出来。

是一棵小苗，根上还缠着大块的泥土，此刻已有许多碎落了。

那男子急匆匆地蹲下身子，小心翼翼地捡拾那棵小幼苗。

是君子兰呀，明人一眼看出。他也喜欢这高贵、刚毅，浑似谦谦君子的植物。原来这位也是和他一样的园艺爱好者呀。

明人俯下身，也连忙帮男子拾掇地上的泥土。

那男子抬头，说："谢谢您。"

"不用谢。"明人说。

从男子厚厚的眼镜玻璃后的眼眸中，还有舒展的眉头上，明人看见他笑了。

人才

听说市领导要来刘家慰问，刘家出人才了。左邻右舍都交口赞叹起来。对门的徐阿姨手拿着抹布，走到走廊说："我在刘成成还念小学时，就说他有出息，自小乖乖的，既懂事，又好，从来就是一个学霸。这么聪明的孩子，完全是个人才，我们看他长大的邻居真是高兴。"紧邻的周大伯嘴里还嚼着半个苹果，也笑容满面："成成是我们小区的骄傲，那年他去英国留学，我就说，他学成一定要回来，要报效祖国。他是人才呀！"

刘大妈也喜滋滋的。刚才街道打来电话，说市领导要来家里慰问，她就忙着收拾屋子，还张罗了水果和茶水，准备接待来客。她还打了电话，给成成，让他尽快回家。成成倒像在云里雾里似的，有些懵懂，说他没接到什么通知呀，他先问问学校。

市领导上门，怎么说都是好事。居委会年轻的忻书记也来了，这个老小区的单元，也都是几十年的老邻居，一起过来的，有同喜心也自然而然。就像共同过节似的。还是居委会忻书记脑袋瓜灵，他判断，明天就是五一劳动节了，不用说，领导就冲着这个节日来的。他说，街道来电，说市领导要来刘家慰问人才，他不用猜，就报出了刘成成的大名。刘成成是名副其实的人才呀。是小区，乃至街道的名人呀。

刘成成大学毕业，到英国攻读硕士、博士学位，之后便学成归来，在这个城市的一流大学教书育人。刘大妈也一直为此欣慰呀。

刘大妈正开心地忙碌着，小儿子振振回来了。振振小成成两岁，他小时候贪玩，也十分淘气，有一次莫名其妙地，还把周大伯新购的凤凰牌自行车拆了，然后，又知错就改似的，当着周大伯和家人、邻居的面，把自行车又飞快地复原了。弄得大人们哭笑不得。相比较成成，振振没让刘大妈少费心。他学习成绩不算好，后来连大学都没考上，在一家中专学校读了几年书，进了一家钢铁厂工作，总算有个着落了，刘大妈才放下心来。

刘大妈的老公走得早。她辛辛苦苦把这两兄弟拉扯大，也着实不易。现在市领导都当成成是大人才，还亲自来探望慰问，这让刘大妈心里真是十分愉悦。她对振振说："你来得正巧，快点，市领导马上要来了，成成怎么还不回？你帮我把这几把椅子再搬点出来，擦一擦。再电话催催他。"

振振也是个大小伙子了，不像哥哥成成那样秀气斯文，有点胡子拉碴，做事似乎也大大咧咧的。他看着妈妈这样兴奋和急迫，笑着摇了摇头，也没多说什么，帮着妈妈拾掇起来。

成成刚进门，市领导一行就登楼了。刘大妈和邻里都推拥着成成上前去迎接。成成却有点迟疑，步子像是生根似的。他发现，眼前几位领导，除了一位在电视里经常见外，其他人都不熟悉，更无他们学校的领导。这架势有点不对劲呀。他踌躇着，思考着。

却见其中一位领导，指着他身后的弟弟说："金书记，这就是刘振振。刘振振，上来呀，怎么躲在后边了？"

振振搓着双手，有些不好意思。

被称为金书记的那位面容和蔼的男子，走上前，握住了振振的手："小刘师傅，你好。都说你工艺创新从来不缩后，不怯场，没想到你还是羞羞答答的大男孩呀。哈哈哈。"金书记的笑声，把大家都感染了。当然现场好多人还都纳闷了："怎么，大人才，竟是振振？这怎么回事，领导没搞错吧？"

金书记握着振振的手，朗声说道："你不容易呀，这几年埋头苦干，在一线创新不断，获国家专利好多项，你是我们社会需要的工匠，人才呀。"

邻居都有些似懂非懂。成成与弟弟走得近，他立马知道了大概。庆幸自己刚才克制住了自己，否则自以为是，酿成笑话。

而刘大妈也醒悟过来，是呀，我儿子振振也是一位人才呀。她知道振振这些年没少吃苦，在自己岗位上创新试验，很投入，这也是她希冀的。

有人上前送上花。金书记捧起，献给了刘振振。

不知是鲜花还是其他什么原因，振振脸红了，他对金书记说："我真不敢说我是人才，要说人才，我哥哥是公认的人才，还有，我心目中，还有位人才，是我妈妈，是她一直在鼓励我在平凡的岗位做出不一般的贡献。她给了我力量和信心。"

振振把鲜花献给了刘大妈。

金书记笑得更爽朗了："我已听说你们一家子都是人才了，一个是海归人才，一个是工匠之才，至于这位老人家，你也是我们珍视的人才，育人之才呀！我今天，就是来看望你们人才之家的。"

　　楼道里骤然响起了热烈的掌声。刘大妈也脸上发烫。忽然她想起了什么，连忙招呼，来客这才欢快地进入了她家客厅。

你是一棵吉祥草

巩总巩老兄又病了，据说这次病得不轻。

明人接到老友苏江的电话，听此一说，随口问道："你没去探望他？"

苏江重重地叹了口气："我没有难题，找你干吗？巩老兄又犯牛脾气了，怎么都不肯见人。"

"原来你不是通风报信，而是让我来当援兵呀。"明人调侃了一句，说，"那明天正好周六，我抽空去看看他。"

"估计不行，你最好和他太太先挂个电话，免得赶过去吃闭门羹。"

明人想，还不只是这个电话，这两年疫情防控，进入医院探望十分严格，好在今早刚做过核酸检测。

他连忙与巩总太太周老师先通了一个电话。周老师说："老头子病情还算稳定，只是心情不太好。什么人都不愿见。你要是过来，我想，你们是老朋友、好朋友，他或许不会不给面子吧。"她把病房号告知了明人。

第二天，明人去了医院。本以为马上能见到巩总巩老兄的，医护人员却说有客人在探望，得等一会。周老师也发来微信，请明人稍候，说"老头子谈得正欢呢！"

又过了一会，周老师打来电话，连连致歉，说客人刚走，请明人立即进去。

明人在洁净宽敞的楼道里，与一位瘦小的老头擦肩而过，那人很是脸熟。但见那人笑微微兴冲冲地走了过去，明人迟疑了一下，没打招呼。

病房里，巩老兄半倚在床头，穿着病号服，挂着点滴，面容消瘦，但嘴角边还牵着一缕淡淡的微笑。见到明人进来，坐起了身子。明人连忙劝巩老兄别动，他握着巩老兄的手掌，就有一种心酸。当年巩老兄真是一位虎将，浑身就像有使不完的劲儿。每次见到明人，宽厚的手掌，温暖而有力道。现在，握在明人的手心里，瘦弱而又软软的。

巩老兄气色还不错。周老师说："今天是这段时间老头子最高兴的一天，也是他第一次破天荒同意友人探望。"

明人简单问询了病情，随后仗着他与巩总曾经同事一场，又是好朋友，便换了口气，开起玩笑："听说你不肯见人，我昨天一晚都心神不定呢，怕来了，被拒之门外。没想到，今天还真把我晾在一边了呀！是谁这么有魅力呢？"

巩老兄笑了："你还吃醋呀，我老婆都不吃醋。"说着，露出一丝坏笑。

周老师在一旁也笑了，嗔怪道："你这一说，不是把明人往沟里带吗？"

"不是，不是，是和明人开个玩笑，谁让他先开玩笑的呢？"巩老兄嘟囔着。

明人要的就是这个气氛，巩老兄憋得太久了。不过，是谁让巩老兄第一个同意探望，又令巩老兄心情明显好转，这还真让明人好奇和揣测。

"你知道的，就是那个姓吉的。"巩老兄说。

"我们叫他吉祥草的那位。"周老师又补充了一句。

"哦，怪不得这么面熟，是他呀，刚才与我在楼道擦肩而过的小老头！"

那小老头，明人虽只见过一面，但他与巩老兄的缘分，明人记忆深刻。

还是好几年前的事了，巩老兄退休了，一下子从忙忙碌碌的岗位退下来，他还真不适应。更难受的是，原来前呼后拥和他讨热络的人，这些日子差不多都不见了。他知道职场人走茶凉的铁律，但这茶凉得这么快，他是真的没估计到。

不多久，他就病了一场。不严重，感冒引起肺部发炎。打点滴时，老单位来了一位办公室负责人，说代表领导和公司来看望，带了一篮水果，还有一个信封，是慰问金一千块。说有什么困难，尽管说。前后满打满算，就坐了二十分钟，说单位还有公务，就匆匆告辞了。之后，除了明人、苏江等三四位好友，再也没人来看望。明人和苏江还在相关朋友圈发了巩老兄生病的情况，也有意让大家抽空去看望看望，有不少人关心问询，也有人给巩老兄发了微信。但真去医院看望的，寥寥无几。周老师说："人家都太忙了，老头子也不是什么大病。"不过，与巩老兄的交谈中，明人感觉到巩老兄对此是很在意的。

那次康复后，明人在路口的街心花园与巩老兄夫妇碰到了。巩老兄精神好多了，脸色还带一点愉悦。周老师说："他刚碰到一位单位老职工，挺高兴的。喏，就是那位。"

不远处，一个瘦小老头，穿着灰色的工装，正骑上一辆三轮摩托，笑眯眯地向他们挥手，准备离开。

巩老兄也向他挥了挥手。

周老师说，他们刚才在路旁观察绿化带里的花草。那一地的细长条的草，一团一团地匍匐在地上，让道路四季常绿。他们却叫不出名来，正猜测着，边上一位瘦老头叫了巩老兄一声："您是巩总呀！我，我是养护公路的，我技校毕业就进了公司了。当时你就是公司团委书记，还给我们新员工上过课呢！"

巩老头不认识他。这也难怪，公司是个大集团，有好几万人呢！

"您带了我们这几十年，也幸亏有您，公司发展很快。我们最基层的职工，都记得您的好！"

瘦小老头说着，脸上洋溢着由衷的笑容，敬佩之情自然流露。

巩老兄高兴了，这是他退休以来最高兴的一次。一位不熟识的基层职工对他这样评价，他兴奋难抑。

"贵姓？"那瘦小老头回答道："免贵姓吉。"

"哦。吉师傅。"

"你们刚才在说这草的名字吧？这草叫吉祥草，很普遍的，又名紫衣草，是多年生常绿草本植物……虽不起眼，花也不艳，但绿化效果很好。"吉师傅如数家珍地说着。

"吉师傅，吉祥草。"周老师说："老头子后来一路嘀咕着，精气神出乎意料地好转起来。"

"这次大病，老头子坚决不让任何人来看。但昨天我对他说，你和吉师傅要来看他，他竟立马答应了。吉师傅一到，他精神来了，和吉师傅好一顿聊，你看看，他都神清气爽了。"

巩老兄嘿嘿地笑着。

数周之后，巩老兄出院了。他和太太亲自下厨，烧了几个家常菜，款待吉师傅，明人和苏江作陪。

吉师傅再三说："不敢当不敢当。"

巩老兄说："你吉师傅，就是一棵吉祥草，来，我敬你一杯！"

鲜花送给您

小车拐进一条绿树成荫的车道，在一座挺有现代风格的建筑前停下。司机说："到了。"明人启开车门，几位帅哥美女兴冲冲潮水般奔涌而来，一位穿着粉红色礼服的窈窕女孩，手里还捧着一束鲜红的玫瑰。明人一愣，门也只轻推了一小半。还未等他反应过来，那捧花的女孩说了声："哦，不是的。"脸上不无失望的神情。其他几位也面呈浅浅的、毫不掩饰的失意，随着她潮水般迅速地退后了。

他们是搞错人了。明人跨出车门。保安已上来驱赶了，催促司机快把车开走。明人站在门口的一侧，他在等待王总裁他们下楼引路。不怪他们迟到，是自己有意想低调些。王总裁半小时之前还发来微信关照："领导，到前十分钟，务必告知哦。我正在主持会议。我下来接您。"明人本想自己直接进楼的，想想下车前三分钟，还是发了王总一个信息，说自己就到了。发了，就只能等候王总了，要不走岔了，反而欲速则不达。

那一侧，帅哥美女还殷殷期待着。那捧花的女子，高挑的身材，两颊在玫瑰花的映衬下，一片绯红。这一定是什么重要的贵宾要来。明人思忖着。今天在这个化妆品产业园区，有一个高端论坛，听说请来了不少资深专家，明人因为是所在区的领导，也有幸受到了邀请，但由于公务繁忙，他事先就抱歉地告知主办方，他只能会中赶来了。

没想到还有比他更晚到的，而且还是更重要的嘉宾。他倒也没任何吃醋的意味，只是有点不由自主地猜想，这位嘉宾究竟何许人也？这么想着，那一侧又兴奋骚动起来。有一辆法拉利小车出现在车道上。明人又往楼内瞥了一眼，王总正飞快地向自己走来。那法拉利也缓缓地在门口稳稳地停了下来。

帅哥美女又浪潮一般涌去。一位帅哥抢先打开了车门。下来一位男子，茂密的头发稍显花白，面容好熟。再一看，这不是徐波波吗？这时，女子已把鲜花献给了男子。帅哥美女簇拥着男子，往门口走去。此时这位叫徐波波的男子不经意地扫掠了一下左侧，和迎面站立的明人对视了一下，他的面容瞬间变化，或者说迅疾流露出惊喜的表情。"明人，你？"他忽然发现明人与自己似乎处于两种不同的氛围中，说话有点迟疑，目光也带着询问。

徐波波调整了方向，面朝明人而来。那些帅哥美女还不知情，都热情地示意，应该往正门走，徐波波推开他们，脸上的笑已收去大半。他径直走到明人面前，和明人亲热地握起手："你，怎么在这？""我是在迎候你呀。"明人说笑道。徐波波却颇敏锐，他转身对窈窕女子他们说："这是你们区领导。"他话未说完，王总已赶到了，他拨开人群，向明人先致了歉，又与徐波波作了个揖，说："没想到两位贵宾一起到了，我有失远迎了！"明人说："没关系呀，我只等了一会儿。"徐波波倒真的有些不悦："你们怠慢明人了。这花我也不要。"说着，就把鲜花塞回窈窕女子的手里。窈窕女子倒像受惊的小鹿，退缩着身子，两手不敢接。徐波波干脆就把它塞到了王总的怀里。说："我放手了！"王总慌忙伸手接上。

明人这一刹那，回忆起了二十年前的那一幕。那时，徐波波还在体制内，是这家化工企业上级公司老总，明人则在区委办工作。有一天，他们两位老同学周末散步聊天，不知不觉走到了这家公司门口，这里当时还是一个老厂房，水泥围墙高筑。门口也是铁将军把门。徐波波想带明人到厂子里转转。保安是个瘸腿的小老头，脸色铁板似的，说话也粗声粗气的："你是谁呀？！这个厂子不是随便进的！""我是公司老总，正好走过，想进去看看。"徐波波不亢不卑地说道。"什么老总小总的，没有厂长的命令，我是不会放谁进去的。"小老头脾气挺倔的。明人也在一旁说道："这真是你们公司领导。"小老头脑袋摇得像拨浪鼓："我不信，我不信，公司领导哪有不坐小车的！公司领导要来，厂长怎么不亲自来接呀？诓我吧？我不吃这一套！我看你们两个不像好人，赶快哪来的回哪里去，不然，我放狗了，还要报警了。"这小老头如此死板，徐波波气不过，心里头的火真要喷泻了。明人扯了扯他的衣袖。徐波波深吸了一口气，说："好吧！我打电话给你们厂长。"小老头也不怵他，理都不理他们，反而把两条半人高的、吐着舌头的狼狗，从笼子里牵了出来。虽有铁门隔着，徐波波和明人也禁不住后退了几步。

厂长是十多分钟后赶到的。小老头见了唯唯诺诺的，厂长斥责了他几句，说他怎么可以这么冷待公司老总和区领导，他站得笔直，两手贴着裤缝，只是点头哈腰。刚才拒人于千里之外的蛮劲，一点都找不着了。明人打圆场，说他也是恪尽职守嘛，厂长才不再继续责难保安。徐波波则低声对明人说道："他是狗眼看人……"最后一个字还未吐出，明人就又拉了拉他手臂，止住了他。

现在，情形已大变。下了海，并作为天使投资人获得巨大成功的徐波波，完全是一个大众追崇的香饽饽了。这已脱胎换骨、鸟枪换炮的企业，作为化妆品行业的龙头老大，组织起了产业园区和区域联盟，每年一次的高峰论坛，也是大腕云集。这次他们能请到徐波波，一定是来之不易，花了大功夫的。

徐波波的多少有些表露的愠怒，显然令这些人不知所措、尴尬不已。

又是明人打圆场，好说歹说，把鲜花又塞给了徐波波。

明人说："你不知道呀，你现在是名人，是贵客，我只是一个店小二，用不着这么迎接。鲜花应该献给你的！"说着，他拥着徐波波，爽朗地笑着，向楼内走去。

身体与灵魂

老俞是一家大公司的行政总监，他的笨嘴拙舌和勤勤恳恳，大家有目共睹。

党委书记老杨习惯睡午觉。上任第一天，他看到小会议室里只搁了张行军床，床太硬，杨书记中午没休息好。下午开会时随口说了一句，其他人都没在意。第二天，一张软硬适中的席梦思床稳稳当当地放在了小会议室里。是俞总监一手操办的。书记睡着很舒服，也在心里接受了这个小个子、话不多、办事漂亮的行政总监。

早几年，公司要购置一批大型机械设备，几位副总都主动揽活，老总却把任务交给了俞总监。俞总监跑前跑后，没惹出一丝非议。老总表扬他："这小俞做事认真负责，没有私心！"

后来，海外订货采购、工程招标、公司房产管理等好多事都交给俞总监办了。他从不露什么口风，报告文件也挺严谨。更令人称奇的是，几位领导对他也都挺满意。

渐渐地，有人发现，李老总的太太对俞总监很欣赏，忻副总的岳母对他也很喜欢，尤副总的小舅子向他跷起了大拇指，徐副书记的妹妹也夸赞俞总监办事周全……

又有一则新闻，在公司传开。说过年前，一位包工头专门在老家杀了两只黑毛猪，悄悄送到了俞总监家，俞总监坚决退回，包工头执意不拿回，俞总监干脆把这两头猪拿到了公司食堂让大家享用。这一举动，既让大家享受了口福，也暖了大家的心。

俞总监提任副总的呼声已响了多年。节骨眼上，有人来举报。之前也有过几次举报，但都查无实据。这回，书记征求了班子成员意见，准备拾掇清楚了，就把俞总监一提到位，不能让做事的人心寒。

这回是实名举报，是俞总监隔壁小区的一名保安。他说有一晚，有个老板模样的人，把一个手提包放在他们门卫处，说是给楼上俞总监的，俞总监待会儿会来取。保安一时没听清楚，就含含糊糊地说"好的"。后来好半天没人来拿，他想找点托付人的信息，打开拉链一看，倒吸一口凉气，都是一沓沓百元大钞。凌晨时，那位老板又来了，说是送错地方了，应该是隔壁小区的。保安才恍然想起，隔壁小区有位大公司的俞总监，名声挺响的，常有人给他送东西。正好隔壁小区的保安头头是他同乡。后来同乡也证实，俞总从那老板手上接过了一个沉甸甸的手提包。小区的摄像头，记录了这一幕。

证据确凿，又查出数十笔大额受贿。俞总监锒铛入狱。

杨书记去探望俞总监。没想到他面色红润，比先前精神许多。他说："原先在外面，是身子自由，灵魂不自由。现在是身子不自由，但灵魂自由了！"

书记听了，很是惋惜。

微点评——

行政总监叫老俞，

个小话少心很细。
完成任务口风紧，
认真负责没非议。
采购招标全操办，
领导亲戚皆满意。
包工头送俩黑猪，
拿到食堂众人享。
眼下正要提副总，
保安实名爆真相。
巨额受贿闹插曲，
小区探头留证据。
判刑入狱面色好，
自述灵魂得自由。
表里如一莫伪装，
廉洁自律身心爽。

迟到的约会

午饭吃了一半，罗全又不见踪影了。楚成和徐文都摇起头来。这上海老同学怎么一回事？心里头一定揣着什么事，这两天都显得神神秘秘的。

楚成说："不会是吃不惯这里的饭菜，躲哪儿去打牙祭了吧？"

徐文不摇头也不点头："这真是挺蹊跷的。吃不惯可以说呀，换个店不就可以了，南泥湾的餐饮，也挺丰富的呀。"

"再怎么换，也比不上人家上海菜精细呀，清淡而微甜，不像我们都是重口味的。粗糙得很呢！"楚成脸上带着些微自嘲。他是北京人，说话很顺溜。

徐文是河南人，陕西的饭菜差不多与他们是一家，他倒吃得有滋有味。

"我估摸着，罗全可能有什么事瞒着我们。你看他一早胡乱扒了几口饭，就说先出去会。待我们九点酒店大堂集合，他才匆匆赶到。是悄悄办什么事去了吧。"

"这酒店不远，就是南泥湾军垦范围，他有什么事，要去哪里呢？上午纪念馆，我们看了整整半天，他每张图片都瞅得很仔细，还有什么要看的呢？"楚成一脸茫然。

说起来，此次金秋南泥湾的约会，是一次迟到的约会。约会的提议者是班长罗全，后来推迟也是因为罗全。

他们三人是农业大学同班的博士生，关系挺热络，志趣也相同，就是想为祖国的农业发展，多做点奉献。毕业五年后，他们在各自出生的城市工作，微信群中都表示，应该好好聚聚。五年时间不算长，也不算短呀。

畅叙友情，也交流一下各自的工作感悟，这于好同学好朋友来说，是内心都渴望的。得到一致响应之后，在何处相聚，成为探讨的热点。三位都热情，都想尽地主之谊。最后，罗全的倡议，楚成和徐文都赞同了。罗全说："我们金秋到南泥湾去，不是都有对口扶贫的志愿者任务嘛，待任务完成我们去那边参观游览。"

金秋的南泥湾，那一定是美丽的，这样一个著名的红色景点，中国农垦事业的发祥地，没去见识过，这对年轻的农大学生来说，真是太大的遗憾了。他们在农大念书时就早有这一共同成行的憧憬。

可是快到时间了，罗全首先食言了。他没说理由，只是说能否把约会的时间往后推一推，放在2020年的今秋。这就是把时间整整延迟了一年！

楚成和徐文也不好追问，也都答应了。

总算，这次约会如期而至。大家都践诺了。

罗全也爽气，见面不久，就说推迟的一个因素，是他扶贫的天水市一个山村，本来争取提前完成的，但有一个可持续的项目碰上了问题，他扑在这个项目上，大半年不敢离开，直至项目瓜熟蒂落，当地村民也掌握了相关技能。

楚成和徐文的扶贫任务之前已顺利完成。他们对罗全的这个理由，也予以认可。不过，楚成说："你当初完全可以告诉我们这个理由的。这没什么不好说的呀？"

罗全说，他当时心里也着慌了，怕这项目可能会黄了，没敢说。但2020年他们的脱贫任务必须完成，这是不容置疑的。所以定了这个时间。

罗全把他们说服了。但这两天的行踪，又让他们颇为猜疑。他这么紧赶慢赶的，在寻找什么呢？

这个上海老同学，一直沉得住气，难怪当年就成了他们博士班班长！

按计划，明天就得直奔黄河壶口大瀑布了。待会，无论如何得问问罗全到底在寻找什么，也许他们也可以助他一臂之力的。

午饭后，罗全又没休息。他返回酒店门口时，他们随团的大巴士，正要出发。

他匆忙上了大巴士。楚成和徐文招手把他叫了过去。

待坐定，楚成压低嗓音问道："罗全，你到底在找什么？难道不能告诉我们老同学？"

徐文也凑过脸来，在摇晃的车厢内，神情殷殷。

罗全犹疑了一会儿，把自己的挎肩包搁在腿上，拉开拉链，小心取出一个软木盒。他打木盒，里面是一只锈蚀的小铁铲。楚成和徐文都疑窦顿生："这……这是什么东西？都锈得不成样了，还这么珍藏着，究竟是什么宝物？"

罗全脸色凝重："这是我爷爷给我的。他是去年故世的。临终前，他嘱托我，在金秋，帮他把这个捐献给南泥湾。"

"哦哦，你爷爷他是？"两位老同学不由得问道。

"他是当年王震旅长的一个勤务小兵。"罗全低声说道。

"啊，你是老革命的后代，怎么没听你说过？"两人都很惊讶。

"爷爷从来不说。也不让家里人说。我也只知道他是中华人民共和国成立前当的兵，享受离休待遇。他只说自己只是一个老兵，后来转业地方，也就是一个普通的老干部，没必要多说。直到他弥留之际，上级部门来看他，我们才知道，他原来是著名的三五九旅的一名小战士。"罗全说着，拭了拭双眼。嗓音也有点嘶哑。

少顷，他说："这个铲子，是他当年用一匹战马的破铁蹄打造的。他用它参加了垦荒。他是在金秋时节，调离部队的，他说这是他当年唯一的纪念物，他舍不得捐了，一直悄悄珍藏在身边。他想找一个金秋时节，让我帮他正式捐赠给南泥湾，就像他重新回归南泥湾一样。"

金秋的南泥湾，蓝天，白云，花满河谷绿满山，真是一个丰收而又美丽的好去处。

悬念似乎解开了大半。但，罗全在寻找什么，还是没说。也许，这不太可以启齿？

在大生产运动陈列馆。罗全又聚精会神地在一张张图片中，寻找着什么。那双眼睛，时而闪亮，时而又暗淡下来。

两位老同学亦步亦趋，但也不好多问什么。

在一张泛黄的数十人的合影照前，罗全足足查看了十多分钟，忽然就笑容绽开：找到了，找到了！爷爷的记忆果然没错！

　　这回，在老同学探究的目光中，罗全指着其中一个绿豆芽大小而且略显模糊的身影说："这是我爷爷，你们看，他手上举着的木棍，装的就是这把铲子！"罗全又从口袋里掏出一张照片。那是他爷爷年轻时的黑白照。

　　楚成和徐文也凑上前细细辨认，那张脸应该是罗全爷爷，虽然显得很稚嫩。那木棍上的铲子，无疑更相似。

　　他们为罗全欣喜之余，也不无诧异："既然是找这相片，为何不早告诉我们？我们可以帮你一起找呀！"

　　"我担心爷爷老了，记忆有误，怕闹笑话。"罗全诚实地说道。

　　"呵呵，劳动品德和谦虚谨慎，都与你爷爷一脉相承，不愧是南泥湾老战士的后代呀！"

　　罗全被说得不好意思了，双颊微微发烫，泛红了起来。

刀鱼馄饨

当冒着袅袅热气，晶莹润泽，鱼香扑鼻的馄饨放置在面前时，明人有一丝恍惚。随即，脸上的笑容渐渐凝住了。几位同事也察觉到了异样，但都猜不透原因，瞅瞅明人，又面面相觑，有点不知所措。

做东者的位置空着。这苏好好，应该是上厕所去了。明人的目光在他的空位上逗留片刻，又将视线转到了刀鱼馄饨上。那里似乎有文字乃至视频正缓缓播放，他注视许久。

去年，也是春和景明的时节。他携家人到了这江南城市。接待他的也是苏好好。苏好好是明人的学生，现在一家民企当老总，他对明人的到来，表现得非常热情。选了这家当地有名的餐馆，又亲自点菜，款待明老师。好多年没见了，见到苏好好，明人也颇为兴奋，破例喝了当地的白酒。而且一盅接一盅的，没有八两，也至少有半斤。席间上了色银白、形细长的刀鱼，清蒸的，有几块葱姜，如花瓣，点缀其间。刀鱼肉质细嫩，鲜美微香，肥而不腻，入口柔滑。鱼刺虽小而多，但舌尖轻舔，就把它们从肉中剔出了。据说这刀鱼具备好多人体需要的微量元素，价格昂贵，尤其是这个季节，极为难得。明人尝了几口，停止了咀嚼。苏好好忙说："明老师，怎么了，不会是被卡住了吧？清明节前的鱼刺软，不会有问题的。"苏好好站起身，给明人沏了一杯茶水。苏好好也四十好几了，人比读书时胖了一圈，当年未脱的稚气，已找不到影子了。他成熟了。明人凝神一会儿，终于说道："这刀鱼，挺贵的吧？"苏好好没想到明人竟然说这个，舒了一口气，说道："您明老师来，我能尽东道主之谊，真盼了多少年呀，这个又算什么呢？您是我恩师，当年我到上海上学，举目无亲，人生地不熟的，又是一介穷学生，是您常常带我到您家，请我一起吃饭。那时候，也是我第一次吃到上海的肉皮汤，阳澄湖大闸蟹，还有南翔小笼包子。您教我读书，还请我遍尝美食，我是感恩不尽呀。"明人眼睛一亮。当年的苏好好，朴实又好学，聪慧加肯干。明人让他担任了学生会干部，十分看好他。苏好好毕业后，先做公务员，后来下海了，凭着自己的能力和刻苦，事业鲲鹏展翅。这些年，他们时有联系，这次得空到他的老家，明人挺高兴的，但苏好好上了这道刀鱼，明人有点不爽。"不是说开始禁捕了吗？这，哪弄来的？"明人尽量轻声平缓地问道。"这……这……没问题的。我特地从朋友那里搞来的。不犯规。您放心。"苏好好轻描淡写，也不忘安抚一句。他知道明人还是一位领导，平常做事循规蹈矩的。明人笑笑，但笑得颇有意味："那是朋友捕捞的？""不不，不是，都禁捕了，谁……谁有这么大的胆子。"苏好好舌头有点打卷了。"那，这哪来的呢？"明人笑着又追问道。苏好好心一沉，这明老师还像以往那么认真呀，他不太好回答了，忽然灵机一动，说："嗯嗯，是……是被浪潮推至岸边的死鱼。对，是死鱼。"明人哈哈大笑起来："既然是死鱼，那就吃吧。"他又拿起筷子，一口一口，小心翼翼地品味起刀鱼肉来。

苏好好这时心里的石头才落了地。当然，没想到的是，告别前，明人塞给他两千块钱。苏好好不明白："我请老师吃顿饭有何不可？再说了，我也不在上海做生意，更不会找您办什么事呀。""不是这个意思。"明人说，"主要是吃了这个刀鱼，这得有个交代呀！你理解哦。"他朝苏好好眨眨眼，那意思既抱歉又调皮。苏好好不得不收了。

疫情缓和后不久，苏好好得知明人要来出差，再三邀请明人吃饭。明人答应了，并特地提醒，就当地农家菜，简餐。苏好好信誓旦旦地答应了。餐厅是农家小院，上的也是煮干丝、酸菜鱼、鸭血粉丝汤、霉干菜扣肉等家常菜，还要了一瓶特加饭，明人和同事吃得津津有味。明人还不住地夸苏好好有长进，真靠谱，还主动站起身，敬了他好几盅。苏好好则连连致歉，说就这样招待恩师和恩师的同事们，实在是过意不去，也有失自己的身份。明人开玩笑地抢白道："什么身份，告诉你哦，你再大的老板，在我这儿，就一个身份——学生！学生就该这么安排。"苏好好点头称是，脑袋上下点得捣蒜似的。在座的都笑了。

转眼间，这身份不明的馄饨上来了。苏好好偏偏又走开了。这是不是他葫芦里卖的什么鬼药？明人的脸绷紧了。他分明听到上菜的服务员对另一位服务员说道："上刀鱼馄饨了。"这苏好好犯浑了，他是在糊弄我呀。明人觉得浑身的血，都在往脑袋涌。他干脆放下了筷子，垂下了双臂。同事们也停止了进食。

苏好好用餐巾纸擦着手，来了。见到眼前的场景，他有点愣了。甚至有点不敢正视明人的目光："怎……怎么了？""这是什么？"

明人反问他。"是……是馄饨,哦,是刀鱼馄饨。""为何要安排这个?"明人的质问,声音不高,但仍像一把刀。"让大家尝尝鲜呀。"苏好好竟口齿伶俐起来,底气似乎也足了。明人瞪视着他,仿佛苏好好是一个陌生人。苏好好笑了起来,笑得很坦荡。笑声把店老板都吸引过来了。苏好好笑完了,拿了满盅的酒,说要自罚一杯。明人问他:"为何自罚?"苏好好说:"您是我敬重的老师,您也放心,学生也一定学您做事做人。""那这刀鱼馄饨,怎么一回事?"明人咬住这个不放。"明老师,您就放心吃吧,这是海刀鱼,绝不是长江刀鱼。是我没说明白,我自罚!"店老板也忙说:"这真是海刀鱼,价格低得多了。现在我们这边管得很紧,江刀鱼谁还有这个豹子胆敢卖敢吃呀!"有同事吃了一口,细品了一下,说:"还真是海刀鱼。肉有点粗粝。"明人的表情愉悦了,他把苏好好的酒盅夺了过来,说了一声:"是我错怪你了,我自罚!"然后把杯中酒都倒进了自己嘴里,脸上笑容绽开,大伙儿也笑了。

第六辑

逆行的人

葱香

又是一声叹气。明人从门上的猫眼望出去，果然还是他：白净的脸，一身"小鲜肉"的小伙子，邻居家小方。

这段时间疫情封控，小伙子有些沮丧，他开的一爿小店关门了，他无精打采，什么都不想做。楼出不了，他下午三四点，会在走廊里来回踱步，皱着眉头，时不时地深叹一口气。那叹气声，让人听了免不了有点揪心。明人有他微信，曾关切地询问过他，小伙子也没多回答。倒是小伙的父亲，在下楼做核酸时，说了几句，明人才知道原委。已退休的父亲说完情由，也叹道："他原先蛮勤快的，现在要么叹气，要么玩手机，什么都不想做，真令人担心。"他拜托明人方便时，也代为劝劝儿子。

明人便留了点心思。

他将一些含蓄，又富有哲理和激情的诗文，发给小方。偶尔，也把自己的一些发在报刊上的文章，发送到小方的微信上。小方每次都很有礼貌地回复："谢谢明叔。"有一回，明人把自己的"明人明言微语录"《做自己的摆渡人》，发了过去。十多分钟后，小伙子回了三个大拇指的图案，还附言道："此篇很棒，继续捧读中。"明人笑了，又发了一句："与小方共勉。"小伙子秒回道："谢谢明叔，一定。"

　　每天下午三四时，小伙子仍然习惯在走廊里走动。不过，叹息声渐渐不见了，他耳朵口多了一个耳塞。神情比前几天，舒展了些。

　　有意思的是，小伙子以前在微信群里不太多露脸的，现在竟发了一些好诗文。其中有一首，叫《葱香》，很短，但挺值得玩味。

　　　　家存的沉香都灰飞烟灭／我从不入寺烧香／但我还是用心／把一叶香葱点燃／就以此为香／供在窗台／礼佛三拜／生活再苦，也要有点甜香／淡香拂云。

　　这孩子，还蛮有文采和思想的呀！

　　明人鼓励了他几句。小伙子说，自己瞎写写的，也算有感而发。

　　他父亲老方则告诉明人，这孩子开始又动起来了，试着在阳台上种葱种姜。家里喝空了的矿泉水瓶，他都拿了来，拦腰剪断，上头瓶口的一半，倒塞进下边的一半里，放了水，把葱根置放进去。

　　"这是好事。"明人说。

　　在朋友圈，明人也看到小伙子发的九宫格，一溜的被改造过的矿泉水瓶，透亮地摆在阳台上，有的香葱根，已长出了嫩芽。

　　明人给他点了赞。

　　小伙子回谢的同时，发了一段话："生活再苦／也要有点甜香／淡香拂云。"

　　这话像诗，不赖，明人为小伙子高兴。

　　可惜，没几天，小伙子又发了一组照片。照片上，香葱有的已蹿了十多厘米的个儿了，有的则蔫蔫的，头部暗黑，几乎耷拉下来了。

　　小伙子自嘲道："出师不利，还是不识五谷之过。"

明人点赞加评论："有一半成功，不错了。"

小伙子回复了"谢谢明叔鼓励"文字和拜拳微笑的图案。

再后来，小区业主群搞团购，小伙子利用他原来经营的关系，费心地为大家服务，货到后，还亲自消毒分发，业主们纷纷点赞。

他父亲老方脸色愉悦地对明人说："这孩子，又恢复平常了。"

这天，小区业主群热闹了，有人说他订购的蔬菜包没拿到。按规定，物品经消杀，标了楼号室号，统一放单元门厅的。这位业主问是否有人拿错了，一直没人回应，他就有点不开心，出言不逊，还是冲着小方的。有的人为小方打抱不平，人家是义务为大家服务，价廉物美，是有目共睹的。小方却迟迟没露脸。明人也好生奇怪，此时小伙子怎么能不吭声呢！

半个多小时后，小方在微信中出现，他向这位业主解释：他刚才与物业分送好物品，衣衫湿透了，赶着洗澡洗衣服，为回复迟了道歉，并说马上下楼查找。后经他的复查和与业主们微信沟通，才发现有位业主的物品拿错了号。事情圆满结束了。上楼时，明人在房门口，与小方打了招呼，他又是一身热汗。明人知道，全身套在防疫服里，并不好受。小伙子还真不容易。

不过，当晚，小伙子在微信群，被大伙，包括那位失礼的业主，都大为赞赏了一番。

小伙子则在朋友圈又发了他培育的葱姜，它们个个都鲜活起来了。

小伙子还配上了一段文字："生活有时太憋闷/奔跑起来/就有风。"

这毫无疑问，是一句好诗呀。明人不由得赞叹了。

阿华兄的生活经

　　明人下班刚到家，门还没关，就有脚步声踢踏而来。注目一看，正是阿华兄，穿着睡衣睡裤，裸足蹬着一双咖啡色的木板鞋。

　　"哟，馋猫鼻尖，是闻到我桌上的鱼香了吧。"刚打开门时，明人先自嗅到了，那是钟点工阿姨的功劳。

　　"才不是呢！我们是半退休的人了，没事做，晚饭早入肚了。"这位老同学兼老邻居嬉皮笑脸的，明人早就习惯成自然了。估计此时，他又是有什么新消息，正憋得慌呢！

　　果然，还没坐定，阿华兄就开口道："我有两个消息，一个好消息，一个坏消息，你要先听哪一个？"

　　明人去卫生间洗了洗手，高声道："说吧，什么好消息？"

　　"我表弟回国了！"阿华兄高兴地回道，"整个衣锦还乡的风采，成功商人的气派。连区长都约见他了。"

　　这确实是个好消息。不过，当初阿华兄可是另一种评论和担忧呀。

　　那时他表弟还在一家国企发展，是公司的管理者，也是个挺有前途的科研人员，手上有不少课题已有突破，按现在时尚的说法，是与

"卡脖子"相关的创新项目。可就在这节骨眼上，他被一件国资流失案所牵连，关了一段时间。当时阿华兄就嗟叹不已：这下表弟不是彻底毁了嘛，他是很要面子的人，士可杀不可辱呀。

他表弟出来了，听说并无大碍，但与谁都不多谈，坚决辞职出国了。阿华兄说："我说的吧，他承受不了这打击。这下，他真毁了，出国了，还不被那些穷凶极恶的国家盯上呀。"

这几年，他表弟与他时有联系。表弟只告诉阿华兄，他什么都放弃了，包括那些科研项目，他不想惹麻烦，他只做贸易生意，赚点钱，好好过日子。阿华兄每次串门聊到这个话题，就为他表弟可惜。太浪费了，一个科技英才呀，做生意是对他的折磨呀。阿华兄常为表弟担心事，以为他表弟完了。可他没想到的是，上边派人来找他了，说他们知道，他表弟以做生意名义，还在悄悄研发科研项目，这很危险的。他们想劝阿华兄表弟回来，希望他不计前嫌，在祖国最需要的时候做出贡献。也让阿华兄做点工作。

后来表弟坦然告知阿华兄，他出国就是为了很好地把项目研究好，其他的一切都是遮人耳目。他才不在乎什么人对他背后嚼舌头呢！他坚持走自己的路。他所做的一切的目的，就是报效祖国。

他的正式回归，正说明他心里有真谱。阿华兄既兴奋，又连连感叹：没想到，没想到，他这么自信从容！

那个坏消息呢？明人盛了饭，搛了一筷鱼肉入口。

"组织找我谈了，让我回去上班，财务副总监的职务还保留着，到另一家子公司任副董事长。"

"这有什么不好吗？你不是盼着恢复工作吗？你都休假小半年

了。"明人说。

"可是这副董事长的职务，肯定让人议论纷纷。这算是怎么回事呢！"阿华兄愁容满面。

"董事长是你们运营总监兼任的，这说得过去呀。"明人对他们公司还是有所了解的。

"虽然我自己也认为说得过去，可是，这种安排还是第一次，公司已有人说闲话了。有人干脆说我是犯了错误被贬了呢！"

"我说你这兄弟，就是活在别人的世界里，别人与你有多少关系？你活你自己的嘛！"明人以前也这么劝慰他，他懵懵懂懂的，似乎还滞留在他那个世界里！

他们有一位老同学梁兄，中学毕业后，就一直没联系，同学聚会也从不露脸，只听说他至今单身，在一家保安公司工作。

"你说他一个工程师，在保安公司上班，多憋屈，小小的个子，在这种公司能干什么？可见他活得多窝囊，也许这也是他没脸见老同学的一个原因吧。"阿华兄振振有词，他断定梁兄是因为混得不好，羞于与老同学见面。

"你别这么猜测，说不定人家小日子过得比你滋润呢！"

明人这话没说多久，阿华兄某日就自己匆匆跑来了，急不可耐地告诉明人："我刚才路上碰到梁兄的姐姐了，我问起他，他姐姐说梁兄现在挺好，在保安公司当副总经理，分管技术，收入挺高。还有，他还是今年全市业余散打冠军获得者呢，真没想到。她还告诉我，他有一个谈了好多年的女朋友，已办证了。我问她，他怎么不愿与我们联系交往呢？他姐姐说，'你们别见怪，我弟弟就是这样的人，他说一切简单为好，否则是非就多。他说他自己过生活，与他人无关。'"

阿华兄顿了顿："这话像是你说过的。他也这么认为呀？"

明人那时并没吭声。

就在阿华兄唉声叹气，怕别人对自己的履新有所非议时，他的手机响了，竟是梁兄来电。应该是阿华兄上次给了梁兄姐姐手机号。

梁兄说，他姐姐上次回家说了，他感谢老同学的牵挂。他说"我们都在这城市生活，各自安好，各自快乐，就好！"

梁兄想说什么，嗫嚅了半天，才说道："你那句话，说得真好。世界是自己的，与他人无关。我老想着这句话。"

"哦，不是我原创的，却是我真正的感悟，祝老同学自己的生活真正快活！"

对方电话挂了好久，梁兄还拿着手机，悬在耳旁。

他喃喃地问明人："那句话，是你的原创？"

明人笑了，摇了摇头，又拍了拍他的肩："哪里，那是百岁老人杨绛先生说的，不过，也是我的感悟，我正努力着，望老兄也感悟哦！"

逆行的人

从茶室里出来，我出门右拐，往前走了没几步，老彭在后边叫明人："哎，等等，到对面走。"明人停步，回头看他，还一脸懵，老彭走上前，拽住明人的胳膊，就往马路对面走去。

明人迟疑了一会："你到对面，还有事吗？""没事呀，对面走，不是安全些吗？"

明人这回才醒悟过来，这位老同学上学那会，就有这个与众不同的习惯：逆行。人行道上，人家都按规矩右行，他偏要左行。他说，这样走，来人正面看得清清楚楚，有踏实感。偶尔骑单车，他也靠左逆行，说是有车过来，远远的，就一目了然，早作防范，躲避得开。即便撞上了，也比被后边猛地撞上好，至少看见是谁，是如何撞上自己的。

当年，明人就嗤之以鼻，什么怪论呀，难道交通规则，还不如你的那套合乎情理？

可老彭不听劝告，我行我素。多少年，就这么依然如故，谁也拗不过他。

幸亏老彭从不开车，倘若会开车的话，他这套怪论又如何坚持呢？恐怕不是被警察处罚得驾照都吊销了，就是车毁人伤好几回了吧？

明人以前随着老彭，在人行道逆向行走过，人行道宽敞一些，行人稀少的，行走倒也无妨，稍窄一些的，就得时时避让。有一回，一个肥头大耳的妇人迎面走来，明人走在老彭的后边。待妇人走近时，老彭往右闪，妇人也往右靠，老彭连忙调整向左，那妇人偏偏也往左挪身。两人一来一回的，竟然僵持住了。老彭干脆侧身紧挨着左侧的围墙，一动不动，妇人才定了定神，在让出的大半个通道上，摇摇晃晃地走了过去。那张脸上的一双眼珠，像是狠狠地剜了老彭两刀。

明人说："你看这多不方便呀，还招人嫌。"老彭则振振有词："这算什么，又没任何皮肉损伤，你没听说那些被从后面碰撞的人，跌在地上，嘴啃石板，有多惨吗？何况，逆向走，还可以活跃逆向思维呢！"

老彭的歪理，谁也辩驳不了。何况他是位律师，巧舌如簧，用词一套又一套的，明人也没功夫多理论。

这回是下午，马路上车辆不多，他们走得也快，穿过横行道，就到了对面。再走个上百来米，就是他们要去的地铁站了。

边走边聊，老彭还沉浸在茶室的话题氛围中，手舞足蹈，表达着他最近在一件刑事案件中有望大获全胜的喜悦。

案子不复杂，是一个二十余岁的男孩，杀了他女友。事情的过程，检方也调整得很清楚，杀人偿命，男孩的定罪和量刑，几乎是铁板钉钉的。

老彭应被告之父，也是他的一位熟友之请，担任了辩护律师。他逆向思维，出奇制胜，拿出了男孩有精神疾病，在发病之时误杀了女友的相关证据。把案子来了个大颠覆。

明人几次问道："这男孩是真有精神病吗？还有，就这么让他逃脱惩罚了？人家被害者岂非太无辜了？她的家人又当如何？"

老彭说："这就不是重点了。重点，知道吗？世上万事，要考虑的实在太多，抓住重点，才是上上策。我在这案子上的重点，就是要为被告开脱。其他的，都不是重点。哦，对了，我和你讲这个案子，重点也不是赢与不赢，我只是想强调，逆行有诸多好处，我这几十年的习惯，也可以说是特立独行，有助于锻炼我的逆向思维。这就是我想和你讲的重点。"

老彭说得颇为得意，简直眉飞色舞。

明人瞥了他一眼。想说又不想多说了。

这时，有人骑着一辆单车，从弄堂口蹿出，直接右拐，上了人行道，快速向明人他们冲来。他们一阵慌乱，走在前面的老彭，躲让不及，被直接撞倒在了地上，后脑勺嘭地撞在了上街沿上，半晕了过去。

明人叫了120，把他急送进医院。还算大幸，老彭只是蛛网膜下腔出血，在医院住了几天，便回家休养了。

至于那位冒冒失失的肇事者，是个还未满十八岁的小男孩。他的父母亲带着孩子，上医院探望了老彭，也表示了道歉，给了点小钱。'

那天，明人恰巧也去看望。

听见男孩的双亲说："这孩子从小就不好好走路，连骑车都逆向行驶，还说这样好，就是出事也明明白白，何况还能锻炼脑子。你瞧他这脑子，不知从哪里学来的，真坏掉了！"

小男孩搓着手，不吱声。

明人看了看半躺在床上的老彭。老彭抿了抿有点干涩的嘴唇，想说什么，但一句话也没说出口。

卖保险的老邻居

那天在马路上，几十米开外，老邻居潘阿姨看到了明人，转身拐进了弄堂。明人知道她是怕见他。至少应该有些瘢疚吧。

三年前，完全不是这番情景。某天傍晚，几乎没什么往来的潘阿姨竟找上门来。她是明人二十多年前的老邻居。明人搬离那个小区后，就没见过她。她突然登门拜访，老母亲自然很热情，给她搬凳，沏茶，端水果，还问起她家人的情况，唠起了家常。

潘阿姨原先住明人楼下。那时她从城西嫁到这里，也有七八年了，新娘子的称呼一直没改口。

三年前明人见到她，嘴一张，叫的也是新娘子。潘阿姨扭着圆筒似的粗腰，还带点羞涩地笑道："还新娘子呀，早就是老娘子了，孩子都工作了！"说完，又咯咯咯地笑出了声。

潘阿姨确实发福，也显老态了。脸上的鱼尾纹，很明显，即便她笑时，忙不迭地左右开弓，用手指压着眼角，那皱纹还是趁她有所放松时，显摆出来。

问起她"还在工作吗？"她爽利地回答，早就买断工龄，回家自己干了。前些年，帮着朋友管管仓库，朋友的企业倒闭了，她就出来做保险了。说到这里，就不再需要明人他们问了，她嘴上跑火车，一股脑儿就把她做的保险的种种好处，和盘托出了。

这时候，那眼角的鱼尾纹生龙活虎起来，她也顾不上了。

这下明人全明白了。还以为人家大老远赶来，是有情有义呢，原来，是上门推销保险来了。

这类事，明人没少见。

潘阿姨推销的保险，是一种医保的补充。一年只要交纳一次，按照交纳的数额，就可以享受相应的医药费的报销。她反复强调，可以报销医保不能支付的医疗费、药费，数额不小，对普通家庭很是实惠。她向明人和老母亲郑重推荐，说有备无患，一定合算。买保险是关爱自己。爱自己，才是天经地义。

她坐在椅凳上，喝干了一杯茶，老母亲又为她续了一杯，她又喝得差不多了，还没起身要走的意思。

想到人家特地上门来，而且这医疗保险听来有那么一点意思。老母亲就暗示明人应允。明人便掏出了四千元人民币，为自己和母亲各买了一份保险。

潘阿姨高高兴兴地走了。这一年，有两次还到明人家来过，送上了几盒饼干和肥皂，说是保险公司赠送的，是对购保人的一点小意思。

常言道，礼轻情意重。明人，特别是老母亲，心里多少有点热乎乎的。待潘阿姨也如上宾，热情有加。

这样连买了三年。前两年，托老天的福，明人和老母亲无甚大碍，有些基础病和胃痛发热的，医保卡都足以应付了，也没用到潘阿姨的医疗保险。但第三年年中，在小区，明人的小腿被一户业主豢养的小狗抓破了。他赶紧去医院打了五针疫苗。花去了两千多元，是自掏腰包的，医保卡没法支付。

潘阿姨有一天上门，明人忽然想起这档事，咨询是否可以理赔。老母亲也说起，前两个月种牙，花了一万多元，医保也不能承担，潘阿姨这里是否可以处理。说得小心翼翼，仿佛是向她讨要什么。

潘阿姨皱起细眉，鱼尾纹立马伸展开来。

她摇了摇头，说，种牙不在范围内，她爱莫能助。至于明人打的疫苗，她说："你医保卡应该可以付的。"

明人说，他去指定的医院打疫苗，医院告知，只能自付现金。

潘阿姨又扯了几句其他的，临走时，留下一句话，说她去保险公司问问。

这一去又是一月有余。再见时，潘阿姨说："你得把看病记录和各类凭证、发票，找全了，公司要审核的。"

明人就抽空。把发票凭证找了出来。有关病历记录，他仔细回忆，确信没有。

潘阿姨手机回复道："你去找医院拿，医院肯定有，这可是最重要的一份材料。"

找了一个公务间隙，明人专程去了一趟医院，好说歹说，医院把当时的记录打印了一份，还盖了医院的专用章。

这是一张选择题式的记录卡，医生在问询了明人伤情后，在记录卡"被狗抓的""伤口未出血""24小时内来医院"等相应内容上，打了钩。最后签署了自己的名字。除此之外，并无其他文字描述。

明人把这记录卡送交了潘阿姨。潘阿姨说："这不行呀，要的是病历诊断记录。"

明人实在想不起来，当时有这样的病历卡。医生应该就是这样记录的。

但潘阿姨说得很坚决，声调也提高了几度。明人有点心灰意冷，便说，那就算了，不用办了。

潘阿姨沉默了一会，说："你还是再去医院问问吧。"

明人后来又去过一次医院，还托了一位朋友，与院长打了招呼。可接待的医生说，他们医院治疗被动物咬伤，都用的此卡。连院长也在一旁证明，这真是他们的统一做法。

明人悻悻然离开医院，用微信向潘阿姨说明了原委。潘阿姨发来的是几张苦笑的脸谱。上面看不到一丝皱纹。

这事一直没办下来，明人忙于公务，把这事也忘在脑后了。

他和老母亲倒聊过此事，看这医疗保险也不太容易受惠，新的年度，就不再续保了。

但在明人出差在外时，潘阿姨又来家里了。老母亲拉不下脸来，最后还是付了钱，继续入保。

明人知道，潘阿姨是故意避开他，老母亲心软是邻里街坊众所周知的。

他觉得潘阿姨不够地道，发了一则微信给她，只是说：这保险兑保这么难，能否把老母亲刚付的这笔，退还了？

潘阿姨迟迟未回，直到这天在街上见到明人，她闪身躲进弄堂，走了。

　　明人苦涩地一笑，忽然觉得眼角皱皱巴巴的，他想：不会是自己的鱼尾纹也更深刻起来了吧？

五指老爷叔

　　"你……是……是？"一位坐在轮椅的老人，浑浊的双目发出细微的亮光来，手掌半垂着，抖颤着，显然是想指向明人。明人止步，端详着这位脑袋光秃，嘴角歪斜，满脸老人斑的老人，似曾相识。老人又口齿含糊地说道："你……你是老明的……儿……儿子。"明人也乍然想起，这是老邻居，老爷叔。"是五指爷叔呀！"明人趋前，握住他的手。老人手冰凉，瘦骨嶙峋的，还在不住地抖颤。再看他的模样，人比以前小了一圈，小号的蓝条白底的睡衣睡裤，穿在身上都显宽大冗余。院长和明人咬耳朵：这位老人是中风，生活只能半自理，入住一年多了，孩子把他送到养老院后，就很少来看他。他们去了几个电话，还发了信函，一个儿子前段时间到了，天天来看他，听说还是从成都赶回的。明人俯下身和老人寒暄了几句，老人有宁波口音，加之中风的后遗症，他没听清多少。但他看得出，老人见到他，挺高兴的。明人还要去调研养老院工作，便从衣兜里掏出一千元，塞到了老人的口袋里。老人神情忸怩，明人说"您是我前辈，这是我应该孝敬您的"。明人离开时，老人还一直注视着他，手臂仍半举着，老眼闪着泪花。

五指老爷叔，生有五个孩子。老伴早逝了，是他把孩子们拉扯大的。至今明人还记得，只要有人问到老爷叔有几个孩子，他就会立即伸出手，摊开手掌："五个，都是带把的！"如果再和他细聊，他会一边用手比画，一边告诉你，五个孩子就是五根手指，他们的小名也由此而来。老大，他跷起了大拇指，说，就叫大指；老二，他伸出了食指，说，叫二指；老三，不叫中指叫三指；老四嘛，他探出无名指说，就叫四指；至于"奶末头"，小五指就叫得更顺口了。他说得很顺溜，这"五指说"也就传得很开了，"五指老爷叔"的称谓，也在小区人人皆知了。

老爷叔是一家单位的锅炉工，起早贪黑的，家里的大小事，他都交给他的大儿子大指。大指念初中那会，除了学习成绩不太理想，各方面都能干，家里的买汏烧，都由他承揽了。与明人同班的四指，还刚上小学，似乎帮不了什么忙，可那小脑袋显得有点早熟。小五指则奶声奶气的，衣来伸手，饭来张口的，有时还大呼小叫，撒泼耍赖般地闹腾，时时要有人照应。四指就曾和明人嘀咕过：他们家干活的一半，捣蛋的一半。明人说："那你算哪一拨呢？"四指笑得稀里哗啦的："你不懂，我是监督他们干活的，就像监督牛鬼蛇神一样。"明人似懂非懂，他只觉得四指有些不简单。

二指三指，明人也是熟识的，不过，他们比自己大几岁，也就玩不到一块去。二指常年捧着一本书，厚厚的近视眼镜早就架在鼻梁上了。起初，他也是帮助大指干活的，只是有些不情不愿，书占据了他的身心。他干得勉强，难免粗糙，好在有大指在前，总能事事有着落。比如：下午放学后，大指把煤饼炉拎到室外，由二指去点燃。二指把木屑纸片折腾了不少，搞得烟雾弥漫，把自己熏得晕头转向，泪水横流的，多孔的煤饼还死气沉沉、毫不服帖的模样。大指忙中抽空，帮他鼓捣了几下，这煤炉火就旺盛了。二指不服帖不行，刚才嘴还瘪瘪的，现在就得意了，向周边人，包括三指四指炫耀自己的能耐，老爷叔回家后，问今天煤炉是谁点燃的，大指没吭声，二指毫不客气地举手，说："是我。"目光偷偷瞥了瞥大指。他自然获得了老爷叔的一通夸赞。但二指有段时间也歇手不干了。起因是四指告了大指一状，说大指点个炉子，多用了一把柴火。他说柴火也是钱，我们要把钱用在刀刃上，节约闹革命。二指坐着，心里发虚了。这都是他技术不硬招惹的事。他见大指一言不发，竟也表态说：四指说得对。完全是一副事不关己的神情。大指还是不吭声。老爷叔又把大指狠狠剋了一顿。家里经济拮据，能省则省是硬道理。二指后来又向老爷叔提出，他要好好读书，以后边读书，边看着大指干活，以免大指又大手大脚。他是悄悄向老爷叔进言的，老爷叔似是而非地点了头，二指从此做甩手掌柜，只动口不动手了。

三指的故事，也是四指与明人咬的耳朵。三指游手好闲，还搞起了早恋。班主任老师找家长，自然是大指去的。大指回来后，也没报告老爷叔，只说老师是提醒做好功课。他单独找了三指，语气和蔼，可三指像点燃的爆竹，暴跳如雷。还嘲讽大指是吃不着说葡萄酸，自己没魅力谈女朋友，还炉忌他。大指气不过，斥责了他几句。二指恶人先告状，对老爷叔讲，大指欺负人，他不理大指了。结果，老爷叔又对大指一顿臭骂。大指忍气吞声，一语不发。这以后，三指愈发浪荡了，时不时还找大指的碴，至于家务，他是从来不做的。

"那你为什么不帮帮你大哥呢？"明人向四指发问。四指说："你又不懂了，我管他们的事干吗？我只监督干事的，不惹事。"明人真是不懂，愣愣地看着四指，不知道他脑门里长着什么东西。

大约明人和四指小学四年级时，老爷叔家里爆出了新闻，大指不见了。有说是离家出走了。有位年长的老邻居说：大指是干得太累了，不辞而别，远走高飞了。老爷叔家乱套了，家里没人干活，连四指也好几次上课迟到，衣裳也穿得乱糟糟的。后来老爷叔只好半工半休地把家里勉强撑持住了。半年下来，他老了好多。

这么多年没见老爷叔了，也未与四指他们有所联系，明人有点感慨。更感慨的是，老爷叔有五个儿子，除了大指明人尚无他音讯，老爷叔还有四个儿子，轮流着来照料老爷叔，应该比其他孩子少的家庭，要方便得多吧？不会是这些孩子都被养刁了，不成器了吧？明人是听说过四指的传闻的，四指曾经在一家事业单位工作，后来在机关考核中，遭"末位淘汰"，去一家私企打工，混得不好，同学聚会也从不露面。

在调研完离开时，明人在养老院门口，碰上了大指。大指头发花白，皱纹密布，身材瘦削，明人竟认不出他来。是大指叫的明人，说是他爸和他说了，他特意在此等候明人。他说他是听说父亲入住养老院，几位兄弟也无心孝顺，才主动回来的。他说他当年去了成都，在一家工厂干了大半辈子，在那里成家育女。他说他当年是气不过，什么事都由他担，什么冤都自己往肚里吞，他扛不住了，不得不走为上策了。他想或许自己走了，父亲才能真看明白，那些兄弟才会真懂事。其实这些年，他也从一些渠道关心着父亲和兄弟。他说他没想到，父亲这么宠爱的这几位兄弟，在父亲最需要他们的时候，他们竟这般冷漠。

他坚决地把一千元钱还给了明人。他说他和父亲都万分感谢明人。他说他有退休工资也在附近小区找了一份保安的工作，他会照顾好垂暮之年的父亲的。

明人与大指挥手告别时，看见大指的泪水渗出了眼眶。

对门

这天，明人去玉佛寺调研，在殿堂的廊道上，引导参观的法师，和迎面走来的一位男子亲切地打招呼。那男子身材微胖，剃着光头，身上套着一件皮马甲。明人似乎眼熟。待那人侧转身，正脸相对时，明人认出了，那是老同学游兄。游兄的目光亮闪了一下，他也看到了老同学明人。

于是，又接续了一场亲热的招呼。年轻的法师也眉开眼笑："你们俩认识呀？"

游兄笑着点头。明人则玩笑道："岂止认识，扒了他的皮，我也认得他！游兄身上的那件皮马甲，应该价值不菲。人家生意做得好，这个是小意思了。"

法师听明人说得这么夸张，还有一点惊讶。

游兄笑说："碰到明人我就高举双手了，谁让他当年就是我们的班长呢！"

"关键你当年没少抄我作业。连一顿饭都没请过客。小气、小气。"明人故意逗趣道。

游兄连忙欠身："老弟愿三十年后的今天，高价补偿。"嬉皮笑脸的。

明人在他肩膀，捣了他一拳："谁让你补偿？是要你忏悔。"

"我看，游先生早忏悔了，他做的好事，我三天三夜说不尽。"法师在一旁帮忙了。

还没等他俩说话，法师对明人说："我就和你说一个故事吧。"游兄想制止，明人挡住了他。

法师说道："游先生捐了多少款，我不说。只说一件很令我难忘的事。他家对门有一对夫妻，都是普通的中学老师，中年得子，而且是对双胞胎，高兴得不得了。不承想，孩子念小学时，双双患了白血病。这倒不是不可治疗，只是医疗费用巨大。这对夫妻东借西凑，也解决不了问题。正当他们走投无路时，游先生找到了我们。他说他捐一笔钱款给我们寺庙，请我们寺庙从中拿出一部分，资助这两个孩子，为他们治病。并且再三叮嘱，'不要向他们透露是我捐赠的。'起初我们还只是简单地以为游先生是不愿留名，可有一次，我和他深谈，被震撼了。"

游兄插言道："哪敢说震撼呀。要说震撼，也是当年明人给予我的震撼。"

"怎么又扯到我了？"明人不解。

游兄说："你忘了吧？有一次要交语文作业，我贪玩，没做。就偷偷从你那拿了作业本，草草地抄了一遍，就连五百字的小作文，也一字不漏地抄上了。"

明人想起来了：那天班主任老师大光其火，他之前对游兄已多次严厉批评，说若再发生这种情况，他一定不让游兄再上课了，要游兄的父母来学校检讨。还三令五申,不许明人给游兄抄自己的作业,否则撤了明人的班长一职。偏偏这次游兄又抄上了。

老师当堂质问:究竟是明人给他抄的,还是他偷偷抄的?不同的情况,处罚自然不一。

游兄这回意识到了问题的严重性,有一种颜面尽失之感,战战兢兢的,不料,明人站起身来,向老师和同学们各鞠了一躬,说:"都是我的错,是我主动让他抄了我作业。我告诉他,这是最后一次。对不起老师和同学们。"

结果明人被撸了职,游兄只是受到老师一顿严厉的训斥。

游兄感慨道:"你知道吗?你这一次真正震撼了我,你给了我面子,面子,我后来愈想愈可贵。"

这回,法师又发声了,他对游兄说:"哦,我现在更明白你的心意了。"

他转向明人:"那天,我和他在茶室深谈,再三问他,你和那对双胞胎对门,为何不直接捐赠给他们呢?这也可以加深你们之间的感情呀。"

"游兄告诉我,'就因为住对门,我不能把这告诉他们。要不然,我们天天低头不见抬头见的,大人孩子见了我,难道天天要为这谢谢我吗?'"

游兄这回收住了笑,一字一句地说道:"是的。我不能这么做,就像明人当年当众给了我面子,我是要给他们尊严。"

谣言之谜

　　明人半夜听到手机的嘀嘀声。是有微信来了。这么晚了，是谁呢？不会是公务吧？他在半迷糊中爬起身，拿起手机，亮屏查看。

　　这一看，把自己吓了一跳。竟是一个过世数月的老文友的微信。发的是他之前的一篇散文，明人曾经读过，还和老文友有过探讨，他有褒有贬，但总体还认为是一篇颇有新意的作品。当年，老文友也赞同他的评点。他此刻有点惊悚感，怎么老文友死而复活了？而且在这个夜深人静的时刻，发来了这篇文章？这真使明人有些不小的惊骇了。

　　明人睡不着了。干脆打开灯，抓住手机，扫起屏来。一边扫屏，一边思忖。这究竟是怎么回事？他是不相信鬼的，可是这鬼一般的事情发生了，他不可能心安神宁。

　　朋友圈有好些人，他似乎很陌生。当初加上时，自然是认识的。不过有许多是一面之交。明人负责区域的招商引资工作，对各种人等，都不可轻易怠慢。人家要加微信，他也不好意思拒绝。加了之后，有的来不及备注，是谁都模糊不清了。好在没多少联系，也就无所谓了。所以他打心底里对"微信好友"这一名头，是不敢恭维的。

加个微信就成好友了，这也太随随便便，太泛滥了吧？不像老文友，好些年的交往交流，称好友是绝不为过的。

有些人微信名挺醒目的，花言巧语般地撩人。仔细一看，是名副其实的广告。微信名也不避讳，直接附注了"广告"两字。明人挺纳闷，这是哪位也不打声招呼，就擅自改了微信名，落拓地就打出了商业广告呢？有一个挺长的微信名，做着智能小家具的广告。他翻看了那人的朋友圈，大致猜出这是哪位了。当时加的名字，就是一个成语，现在演变成了商品的名称。这一位还算好认，其他好多位，或者说亮出广告的，他还真猜不出是何许人也呢！

好在这也侵犯不了他多少。他也就见怪不怪、熟视无睹了。

不过有一个微信朋友，也曾让他大吃一惊，目瞪口呆好久。

那是一个涉及诈骗而入狱的小老板。微信名就是本名。明人记得听说那人入狱，就把他微信给删除了。可这天，明人发现这个微信竟然还在朋友圈里发信息，是九宫格的风景照。他真是疑惑。那人分明被判得很重，不可能这么自由地玩手机微信呀。他一时也想不出个所以然。

工作一忙，也把这一茬，暂时给忘了。

但今夜，这老文友的微信，刺激得明人没法安静了。那个小老板的微信又在屏中出现，又一次刺激了他。

小老板发的多半是风景照，时不时还有美食的图片。

明人真的很纳闷，这个微信的朋友圈，虽发得稀少，但这两年里似无间断。这够蹊跷的。

蓦然一个激灵，这是不是同名同姓的另一个微信朋友呀？

完全有这可能呀。这小老板的名字也是大众名字，并不稀罕的。

心里有结，就得解开它。他不敢冒昧直接发微信。他想到了一位好友G，和他相处不赖的知己。他索性拨了G电话。

好友接了。他惊讶明人半夜来电。

明人先把小老板的微信说了。好友G和他一起回忆，想到了只有一面之交的异地朋友。好友G让明人稍等，说他查查他的名片档案。G有个好习惯，所有的名片都扫描后储存在电脑里。很快，查到了那个人，与小老板同名同姓。一块石头落地。而另一块石头，更沉沉地压在心房。明人向G说了，G也懵了。怎么会有这种事？G说："你让我也睡不着觉了。干脆，你就回复一下这微信，既然你不信鬼，又忌惮什么呢？"

明人想想也是，这么猜想下去，也不是个事。他鼓足勇气，回复了两个字："好文。"

少顷，老文友的微信，竟然向他发出了语音通话。他心一悸，抖抖颤颤地，终于接通了。

是一个女声，叫了他一声"叔叔"。说是自己想念父亲了，在看父亲的微信，不小心就把那篇文章发出了。她想一定把叔叔吓坏了，她正想怎么向叔叔解释呢，叔叔回复了，她连忙拨了通话……

那是老文友的女儿。明人举着话筒，连忙说："没关系、没关系。"手心里全是汗。

书友老张

"书城要重装了，书打折在卖，赶快抽个时间，一起去呀。"老张好久没来电话了，一来，就是心急火燎的。

明人笑道："买书又不是超市抢购，用得着这么紧张吗？"

"听说都挤爆了，一个楼面的书，都被买空了，晚去好书就没了！"老张急急地回道。可以想象，他此刻一定双眉紧蹙，喉结快速颤动。

"那好吧，明天周六无会，下午两时书城见！"明人本就是书迷，他乐意被老张鼓动。

第二天，书城难得像上午的菜市场，人潮涌动，比肩接踵。在人缝中穿插，明人也买了一摞书，再看老张，他买得更多，两个塑料筐里，书已堆满，最上边几乎堆成了一座山峰，摇摇晃晃的。

明人忙上前帮他。这位仁兄是自己好多年的书友了，在一家机关任职。他买书的痴情，明人是领教过的。有一年，他们碰巧一同在北京学习，待了一周，什么地方都没去溜达，王府井书店却去了三次，老张买了一大包书，返程时，行李中最多最重的，就是他购买的书了。这真是令人叹为观止。

这回书城又买了这么多书。付款时，明人发现一套三册的《世说新语》，他记得很早就在老张书架上见过，去年书展，老张又买过一套。他提醒了一句，老张似乎记不清了，只是微微一笑："是吗？"思忖了片刻，仍然把它揽进了自己的囊中。

出了门，明人憋不住，又提道："你买重了吧？"

"真的吗？我记不清了。不过，这书是经典，书城打折又这么多，不买白不买呀。"

老张一副占了便宜的得意相，明人也不好多说了，他发现买书买重，是老张身上高频率发生的事。

老张又说："说实话，太忙了，这书还没好好读过。家里有了，现在干脆这一套放车上，读起来方便。"

明人赞同地点点头。他自己也忙，这本书年轻那时读过，好久没重温了。

又过了几天，明人和几位书友茶叙，老张也来了。明人将自己的新出版的两本书签名赠送给了各位。还将自己购买的几本新书，推荐给大家。老张把书都拿下了："这些，都归我了。"然后又吐了吐舌头，"明人，老拿你的书，真不好意思，我也有许多书，你需要，就开口呀。"

"好呀。"明人笑道，"我不夺他人之爱。不过，《世说新语》你都有三套了，为物尽其用，你方便可以给我一套。"

老张却一脸歉疚："这真不巧呀，我昨天刚把那两套送我同事了，真的，要不，我车上的一套给你？"

"这用不着了，我可以去书城再买呀。"明人诚恳地说。

　　"不好意思，真不好意思。"老张挠了挠头皮，"这套书，我刚开始读，读得津津有味。""别介意，千万别介意。"明人再三劝慰道。

　　大家转了话题，聊到夕阳西下，各自回家。

　　当晚，老张来敲门。他特地把那套书送来了。明人说："这怎么好意思呢，你也太认真了。"

　　老张说："不瞒你说，我回家，在书堆里又找到了一套。你看我的脑子，好多书买了又买，买书一团糟，所以读书也读不好。"他是自嘲的口吻。

　　明人笑道："你是个书迷不假！"老张也笑了。

善心李阿婆

明人走进弄堂，李家阿婆就已迎候在那了。她双目柔和又闪亮，握住明人的手，千恩万谢着。她老伴也在一旁。

李家阿婆住明人的隔壁。她有七十好几了，当年在纺织厂织布车间工作，机器声吵，她的耳朵有点背，眼睛也老花了，时常眯缝着。除此之外，她还是挺精神的。

李家阿婆不信佛，但心中有佛，是众所周知的善人。哪家有什么难事，不用找她，她知道了总会倾其所能地帮助。

苏家的儿子做生意亏空了，有要债的兴师动众地上门，李家阿婆去劝说，声调不高，说"人还是要讲善的。善是积德。不就是还钱吗？你们给人家一点时间"。她还当场把自己的一张五万元的存折，塞到了苏家儿子的手里。"先拿着，一点点还，事在人为，不怕没有还清的时候。"要债的，最后拿了一些现钱走路了。苏家儿子也被李家阿婆激励了，弃了那种毫无用处的萎靡劲，去生意场亡羊补牢了。

明人也受到过李家阿婆的关爱。那天他不小心崴脚了。李家阿婆上门来了，给了他一根腋拐杖，说是她老公之前用的，她和老公说了，让明人拿去用。明人正合计着是否要去买呢，李家阿婆已雪中送炭来了。

李家阿婆的善，就像这弄堂口的红豆杉，并不高大壮观，但四季都飘香，沁人心脾。

因为李家阿婆的善，找她的人不少。特别是她老家的人，常来找她，她都尽心而为。

左邻右舍也劝过李家阿婆："你这么善，也得当心被人骗呀。知人知面不知心呀。"

李家阿婆说："放心，我耳不聪目不明，脑子还能记事。上次我老邻居的孩子来找我，说'阿婆菩萨心肠，帮帮忙'，他高消费被限制，想借我的身份证用用，可以一次性给我五百元。我说，'天上哪能掉馅饼，这好事还是你找别人去吧。'他当我傻呀，身份证给人家，我不是失身份了吗？"阿婆说得挺幽默的，说着笑了。

那天，阿婆急匆匆地敲了明人的门。额头上渗着汗滴，本来半白的头发，白色似乎又蔓延了。她说她找明人求援。

还是去年的时候，她老家的大表妹来了，是来这城市看病的。阿婆让表妹住下了，还亲自陪着她去医院。到了医院，才知道，大表妹是外地人，要看的话，自己付费。大表妹哭丧着脸。好半天，才吞吞吐吐地提出，是不是借阿婆的医保卡试试。阿婆善心大发，连忙就掏给了她。果然顺顺当当地挂号，诊疗，配药，大表妹高兴地回了。后来好几次，大表妹到医院续诊，都是拿着阿婆的医疗卡独自去的。阿婆老公倒嘀咕一句："你的卡让人家用，行不行呀？"阿婆只想着大表妹的病痛，回复道："有什么关系，是我自己的卡，一年四季不看病，白放在那也是摆设。"

没想到，警察找上门来了，说是有关部门举报，阿婆的卡借他人用，已涉及违法。而且，还发现大表妹每次都多配了不少药，大部分私下卖了赚钱。

阿婆懵了说："这卡是我的，里面的钱也是我的，我给谁用，是我自己的事。这也有什么错呀。我只是可怜大表妹，帮她一下呀。"她被警察说慌了，一整夜没睡着。她眼皮耷拉，眼睛布满血丝。

她知道明人在政府部门工作，慌不择路，特来求助。

看到阿婆这番神情，明人心里不好受。这行为触犯了法律无疑，可罪名能立马告知阿婆吗？她心里承受得了吗？她完全是善人好人，竟也被亲友坑了！

明人后来让阿婆找了律师。公安部门依法办理。鉴于李家阿婆非主观所为，又念她是初次，情节轻微，给予了罚款处理。

这不，她等在弄堂，就是为了及时感谢明人的指点。

她老公嘟囔了一句："这是教训，以后看你还敢这么乐善好施！"

阿婆瞪了老伴一眼："我善心绝不变！不过，我也要学法，知法，守法。明人，你说对吗？"

明人跷起了大拇指。这真是一位可亲可爱的阿婆！

寻找书店

站在这幢高大时尚的商厦面前，明人怅然若失。他下午已上楼去过了，他坐自动扶梯，一层一层探寻，商厦各类物品琳琅满目，就是没找到书店的影子。

晚餐后，他又踱步回到这里。他无法相信，他记忆中的那家大书店，怎么可能消失得无影无踪？那里有他美好的记忆呀。

年轻时，出差到某个城市，明人不去逛商场，也不去游公园，但利用有限的时间，必找到书店逗留一会。像如今的网红打卡，不打不快乐。北京的王府井，他直奔的就是书店，还在那里买了一兜书，沉甸甸的，但心情愉悦地拎了回去。后来书店要搬迁的风波在网上成为热点，他也破天荒地发表了评论，说是书店才是这条街的灵魂，怎么可以只"向钱看"呢！

今日所在的这个北方城市，是他二十世纪八十年代末来过的。他不仅在一家书店待了半天时间，购置了好些在上海书店没见到的新书，还有幸认识了当地的几位文学爱好者，他们一同激情澎湃地交谈和朗诵，那时的梦想闪烁着多么动人的光泽。

几十年过去，见过一面的朋友，也几无联系。只听说他们大多下海了，实实在在地在市场打拼，文学梦没法让他们吃好睡好，乃至发财做富翁。

这次明人在新冠疫情肆虐全球一年多后，好不容易出差到这个城市。公务之后，其他地方他也不想去，便凭着印象来到了这里。但他失望了，书店已被拆除，取而代之的是这幢豪气的商厦。他在这条街上徘徊良久，想找到当年书店在时的那种感觉，可他终究没找到。

他回到商厦。一楼美丽逼人，香气四溢。那是各种品牌的化妆品专柜，打扮得一个比一个靓丽的女销售员，笑容可掬地迎候着。明人问最靠近自己的那位——她睫毛长长的，一看就是假的："书店，在哪里？"那位瞪大眼睛："什么？什么店？"

"卖书的，书店，搬哪去了？"明人放大了声音，他怀疑这人耳朵是不是有点背，竟然连书店都不知道。那位眨巴着眼睛，夸张的长睫毛抖颤了好久，才如梦初醒："哦，哦，这里没有书店，你待会儿，我给你找个人。"这人听懂了，倒挺靠谱的。她唤了两声，一位浓妆艳抹的中年妇女走了过来。"你要找书店，她家就是开书店的。"长睫毛说。

"你家是开书店的？在这里吗？原来的书店搬哪去了？"明人忙不迭地问道。

"书店早就被拆了，我们家的书店，是我老公开的，在对面弄堂里，亏得很呢！可他还是要坚持开着。你想去？那我们商厦里的正好要关门了，我带你去吧。"那女子倒挺爽快利落，到自己的柜台收拾了片刻，便招呼明人开路了。

大街宽敞华灯通明。拐进一条巷子，就有一种逼仄感，狭窄而幽暗。

明人跟在妇人的后边，内心生疑：书店怎么会在这里面呢？不会是什么陷阱吧？他想到曾经听说的许多传闻，再看看这妇人扭着身子，时不时回首，露出她脂粉味厚重的笑容来，那笑在夜色中，让明人觉得有点诡秘，心肉不由得抽紧了，脚步也随之缓慢下来。

妇人回头一笑，又在催了："就在前边拐角处，快点吧。"

明人迟疑了一会，朝前面望去，那里似乎有一处明晃晃的光亮。他想，这也没什么可怕的，和她保持一段距离，总不至于掉坑里。

果然走了几十米，一个霓虹店招赫然在目："时光书屋。"

明人忽然想起一位朋友曾说过，他们当年的一位文友开了一爿书店，通宵营业，坚持了好多年。说那文友明人是见过一面的，明人却一直未曾想起他来，他的名字和面容都毫无一点记忆了。难道真是这位文友开的这家？

他三步并作两步，加快了速度。书屋到了。约莫二十多平方米的书屋，书籍在四壁堆得满满的，中间有一张长桌子，也摆放着各类书籍。在里边，还有一张方桌，周边围拢着几把椅子，有一位老汉坐在那里看书。

妇人说："那也是一位老顾客，你想看什么，买什么，自便吧。我老公可能在内屋理书。"

屋内的灯光足够明亮。明人浏览了一下书架，纯文学名著似乎应有尽有。那长桌上，有许多时下的畅销书和新书。这家书屋能如此坚守，真是难能可贵啊！

他想见见书屋的主人。

　　正巧，那男子从内屋出来，礼貌地和明人打了声招呼，还递上一杯热茶，笑吟吟的："一家小店，还请随意。"便又忙自己的事去了。

　　明人看到的是一张陌生的脸，花白的头发。他不能确定他是否就是三十多年见过一面的文友。但他知道店主与自己年龄差不多，而且也一定是那个年代过来的、具有深厚文学情结的人。是不是老文友，就显得并不十分重要了。

　　明人在书屋的氛围中待了好久。

　　离开时，买了一塑料袋的书。

　　走出书屋几十步，又忍不住回首望去，那一片灯光在深夜里，显得那么明亮和温暖。

第七辑

念
奴
娇

一碟猪耳朵

周日正午，与钱六在星巴克聊天，抬头一看墙上挂着的时针："哟，都十二点半了，我们是废寝忘食呀。"明人笑说道。"明兄，难得的，我请你吃饭，楼上有一家挺有档次的粤菜馆……"钱六说得挺恳切。明人嗔笑道："我们老同学，还这么讲排场，不必了。""这算得上什么呢，饭总要吃的，何况已是这个点了。"钱六还固执己见。"走吧，我来前就注意了，对面有个小餐馆。"明人稍稍压低嗓音，凑近钱六的耳畔道，"有猪耳朵。"钱六的双眸亮了，连忙说："好、好，那太好了。"

提到猪耳朵，他们就又有话题了。初中那会，他们偷偷喝酒，喝的是甜甜腻腻的特加饭，下酒菜就一个：香香脆脆的卤猪耳。那还是动用了压岁钱，五毛钱，买的这一小碟。不过，吃得真是酣畅淋漓，齿颊留香，四十多年过去了，至今难忘。

小餐馆名副其实地小。十多平方米的堂吃，就七八张小圆桌。他们进了门，就近找了座位，钱六就吆喝点菜，第一个就是猪耳朵。服务员说："不好意思了，最后一碟，刚被人点走了。"说完，目光朝另一桌瞟了一眼。明人和钱六也目光相随，瞥见靠墙的那一桌，有位头发花白，身着纯棉针织布衣的六旬男子，正凝神翻阅着一本书，神情安定，气质不俗。钱六忽然兴奋起来："这……不是刘董事长，刘老板吗？"明人定睛一看，果然是大名鼎鼎的华×汽车董事长。该汽车作为新能源品牌，在沪上销售业绩不凡。刘董事长与明人也有过一面之交，互相留过微信电话。

刘老板的眼睛余光也发现了明人，起身打招呼。钱六双目愈发炯炯："你们认识？"钱六在一家公司打工，对刘董事长仰慕已久，明人在政府部门任职，是为企业服务的"店小二"，也为刘董事长释难解惑过。这么一层关系的三人竟在窄小破陋的餐馆邂逅，也就别样地热闹起来。特别是得知，大家都是奔猪耳朵而来的，也就更笑不拢嘴了。

钱六瞪着一双眼睛发问："刘董事长，您身价几十亿，怎么到这小饭店，点吃猪耳朵呢？"

"怎么，我要一日三餐山珍海味，才与这身份匹配吗？哈哈哈。"刘老板爽朗地笑着。他说："坦率说，我对这所谓的八珍玉食、美味佳肴，并不嗜好。我就喜欢吃四喜烤麸、麻婆豆腐、八宝肉丁这样的家常菜，尤其是这猪耳朵，小时候家境贫寒，想吃都吃不上，看着邻居餐桌上有这么一碟，眼都直了，只能不停地吞咽口水，免得自己失态，真的垂涎欲滴了，我想，明首长好这口，也一定和我有一样的感受吧？"明人接口道："什么首长，过誉了，同感同悟倒是完全一致的。"他转向钱六说，"老同学，这猪耳朵口感极好，又柔韧又酥脆，鲜香而不腻。而且还富有营养，什么蛋白质、维生素、胶质含量都挺高，可以补虚损，健脾胃。"

"可是……可是，这东西，毕竟……"钱六嘟囔着，似乎还未被说服。

刘老板一把拽着明人，同时，也对钱六示意道："来、来，我们一块吃，我刚才就点了三个菜，猪耳朵、盐水毛豆，还有一碗粉丝汤。你们是不是再加些菜？"

"您这大老板就吃这些呀？"钱六忍不住，双唇间又蹦出了这一句。

"你这兄弟，这三个菜，有荤有素的，味道和分量也正好，不好吗？关键，还都是我最爱吃的，在我的食谱里，真正的美味佳肴，就是这类菜。哦，现在你们'加盟'了，不妨再加点，鱼香茄子、红烧鳊鱼？别客气呀，这里真没有什么大菜、硬菜。"刘老板坦率地说道。

明人连忙响应："这个好、这个好！"

"能吃我最爱吃的，不是最好的事吗？"明人又说了一句。

刘老板又笑声爽朗："有人也说我，说是长着猪耳朵，听不见别人劝，我说，'你们错了，猪耳是顺风之意。'谁不想顺风顺意？吃自己想吃的，穿自己想穿的，"他扯了扯身上的布衣，"就是最大快乐！"

这时，服务员端上了一碟猪耳朵。虽然仅少少一份，不过，色泽红亮而有光泽，条干细长又不失均匀，真是令人垂涎。

服务员说："幸亏你们是自家人，仅剩的一些，你们可以共享。"

刘老板："这也叫臭味相投，也都是有口福之人，才这般凑巧。"

钱六频频点头，明人也击掌称好。大家都笑了。

念奴娇

念奴娇，是明人老同学阿刘，个人独资开设的连锁茶室。几年苦心经营，在S城东南西北，各有一爿店，生意还算兴隆。

这天下午，东店的一个最大的房间，笑语喧哗，时不时还响起激昂的争辩声，引起其他房间的客人投诉至服务台。阿刘就和最大房间里的中学老同学打招呼，请他们尽量轻点声，否则，他的客人要跑光了。

除了明人，阿刘还真看不太起这些老同学，他们当年为了高考，放弃许多快乐，陷在排山倒海般的练习题中，一心只想高分数。不像自己，想玩就玩，随心所欲。当然，对于明人，他还是有点自愧不如的，明人平时各门功课比他好，更让他佩服的是，明人课余读的闲书五花八门，还坚持文学创作，好几篇作文上过当地晚报。阿刘就从明人那里借过一本《古体诗一百首》，从此，对古体诗喜欢上了，偶尔还涂鸦几首。这茶室店名就是他由此而取的，很多茶客都谓之不俗。阿刘心中不无得意。

这回老同学聚会，见了面就热血沸腾地争辩闹腾，话题是流水似的，涉及天下各种事，常常争得面红耳赤，不可开交。阿刘嗤之以鼻，明人要晚来，阿刘一时无聊，就坐在一边划手机，其实按他自己的说法，是在搞古诗创作。他常说，这是他与赚钱一样的快乐。

他曾在同学圈发过几首诗。有一回，还是同学聚后不久，他发了一首诗，题为《浣溪沙·英雄豪情》："无聊孤苦又烦恼／时光嫌多不逍遥／英雄豪情余多少／／欲想展翅风悄悄／乌云腾起心有潮／大呼阴霾从此消。"

诗一发，同学们纷纷点赞，说阿刘可以呀，又经商又从文，人才呀。

阿刘显然很开心，以后，又连续发了好几首。但渐渐地，就无人呼应了。只有他@明人时，明人才不得不点评一两句："嗯，有点壮志未酬之慨。""阿刘闲情逸致，颇见古风呀。"老同学嘛，赞美几句，也无妨。

明人本来就是业余作家，发了好多作品。他给了阿刘好评，阿刘觉得是给自己长脸，心里便有所感激。寻思着要写一首古体诗，献给明人。但他对其他同学就不无轻蔑了：一群傻瓜蛋。不懂天文地理的家伙！虽然，阿刘本人也只是技校毕业，班上好几位同学，还是大学毕业呢！但在阿刘眼里，他们只是呆板的理工男！

快傍晚了，明人来了。阿刘好高兴，拉着明人，就聊自己写的古诗。还朗诵了几首，请明人点评指教。明人拗不过他，不想扫他这场聚会主办者的兴，又见这么多同学等着他一起聊其他话题，便随口应付了一句："不错，阿刘生意日好，诗艺也大大提高了。"

总算把这茬应付了，吃饭时，紧挨着明人坐的阿刘，又扯住明人，大谈他的古诗创作经。

　　明人为息事宁人，道："待会，我拉你入个群吧，那里都是全国古诗创作的高手。"

　　阿刘一听很高兴，连忙斟满了酒杯，敬了明人一杯。

　　阿刘入群了。一上来，就发了一首自己的古诗作品。他心情迫切地期待着，以为高手们会为他点赞，但一个白天加晚上都过去了，别人的作品都有群友在互动着，自己的却如草原上的一只孤羊，一直无人问津。之后，又发了几首，除了明人给了一个笑脸表情，其他人默不作声。阿刘有点耐不住了，便又发了一首，注明是献给好友明人的："《浪淘沙·觅知音》：人生需知音／登天难觅／形影相随亦间离／待在寒中风雨急／只树孤立／／心灵得相惜／高山流水／群里多是陌生人／不求众赞唯真情／一个足矣！"

　　明人一看，这阿刘犯傻呀，还真自以为是，贻笑大方了。于是，毫不客气地发言道："阿刘呀，你这无非打油诗而已。自得其乐吧。学写古诗，还得认真钻研，向各位好好学习。"毕竟，阿刘是自己拉入群的，这首未免得罪众人的诗，又号称是给自己的。明人不得不从未有过地对阿刘说得稍重一点。

　　阿刘在茶室，盯着手机屏中明人那一句话，好半天说不出话来。他的脸红一阵，紫一阵的，终于悟出：明人之前好多话，是对他客气，今天这话才是真话、狠话，也是一言以蔽之呀。

　　他读了群里别人的诗，不由得自惭形秽起来……

烹小鲜

　　老黄听是明人要请他吃饭，而且明确说是放在家里，还真有点不相信自己的耳朵。半年不见，因疫情，所在城市又封控了两个多月，两位老兄弟，也只能通过微信，相互问个好，倒是心里都痒痒的，想见面好好叙一叙的。但没想到，明人如此安排。这不得不令他有些惊讶。

　　"你，说的是真的吗？"老黄端着手机，视频虽略显模糊，但明人的嗓音和表情，还是看得八九不离十的。

　　"是呀，怎么了？请你这位老同学、老同事，家里小聚，有什么不妥吗？"那一头，明人嘻嘻笑道。

　　"你老兄请我，我巴不得呢！不过上你家吃，谁来烹制呀？"老黄知道，这段时间，明人一人在家，嫂夫人带着孩子在她娘家，忙着照顾老人。明人平时工作甚忙，是从来不下厨，也不会烹饪的主儿。

　　"这你就不用担心了，反正天上是掉不下馅饼的。"明人哈哈地笑着，那笑里似乎藏着什么秘密。

　　老黄故意抬杠道："那我得重申。一是不得叫外卖，这个，我不爱吃；二是我肯定不动手，要不然谈不上你请客；三是一定要有海鲜、牛排，牛排要七分熟。”

"哈哈，你老弟条件还挺苛刻，这样吧，为体现我明人的诚意，我照单全收。"明人爽快地说道。

老黄又惊诧了，这三条明人竟都接受了，不会他已想好，要专门请个厨子上门吧？这活现在有人愿干，只要给足钱就是。

东拉西扯，聊了几句。又再次敲实，后天周五，两兄弟，在明人家边喝边聊。

这天，老黄下了班，赶到明人家时，已快七点了。明人开了门。明人与老黄大学同届同班，出生月份，明人要比老黄早大半年。所以，明人年初退居二线了，时间宽裕些，老黄还在实职岗位，站最后半年岗。

明人给老黄沏上一杯茶，让老黄稍坐片刻。自己转身进了厨房，几次进出后，客厅的桌面上，竟变戏法似的，置放了五六碗热气袅袅、香味扑鼻的菜肴。荤素搭配，诱人垂涎。包心菜、油爆虾、土豆丝都炒得色面好看。

腌笃鲜是他们的宿爱，每次老友一聚，都少不了它的助兴。还有一条清蒸大鲳鱼，嫩白的肉质上，葱绿姜黄，蒜白椒红，正是老黄的最爱。

老黄定睛看着明人："这些，不会是外卖吧？"

"你这老弟，有眼不识货呀，这么鲜嫩的菜肴，岂是外卖可以拥有的？"他说得自然，不是开涮外卖，还是强调他的这几个菜不赖，来路也符合两人事先的约定。

老黄心里嘀咕："这难道出自明人之手？"刚有此念头，就自行迅速掐断了。明人不会烧菜，这是众所周知的。当年他们一同到异城挂职，住的集体宿舍。老黄隔三岔五还自行动手，调剂调剂胃口。明人雷打不动地吃机关食堂，偶尔随着老黄打打牙祭。

有一回小长假，明人手上还有活赶，没回去休假。食堂暂停服务了，他就天天去机关隔壁的小面馆吃面条，听说吃得要吐了，便在宿舍里炒了番茄鸡蛋，加米饭，而且是看着菜谱烧的，竟然也炒煳炒咸了，凑合着吃了，跟着喝了一大杯温开水。他说，菜谱讲加少许点盐，少许究竟是多少，他拿捏不住。

平时在本城单位，老黄下班时间一到，就准备回家了，说家里有三个女人等着他烧晚饭呢。这三个女人，指的是他老娘、他太太，还有宝贝的独养女儿。这三个女人，既是他的三座大山，也是他的幸福源泉。

明人就常常笑话他："男子汉大丈夫，怎么这么婆婆妈妈的？男人嘛，事业为重，家务事，只管大事。不过，也没什么大事。"

老黄有时被说得脸红一阵，白一阵的，支支吾吾地辩解，但明人是工作狂，平常这么说，也是这么做的，面对这个同事和同学，老黄先怯了几分。

不过，不会家务，也不会看菜谱的明人，曾闹过笑话。今天，他不可能这么快就驾轻就熟了吧？现看现学还得一番琢磨呢。

对了，还有七分熟的烤牛排还没上桌，这可得现烤现吃的，谅你明人也变不出戏法来。

于是，老黄坏笑道："就算这几个蒙混过关了，那烤牛排呢？必须得七分熟，才细嫩而又有嚼劲。不会等人送上门吧？"

明人给老黄斟满一杯红酒。他笑呵呵的："不急，我们边喝边等。"

"哎，说好不可外卖，别人外送，也算这范围。这个搞不定，算你白请！"

明人还是笑眯眯的。他和老黄碰了碰杯，抿了一口酒，吃了两口菜，说："我说你老黄，冤家呀，狗眼看人低。"

老黄也猛灌了一口："在工作上，你胜我一筹，可在烹饪方面，我是大学生，你至少属于半文盲。"老黄得意地笑着，把一块白花花的鲜肉，塞进了嘴里。

明人说："我给你看一首诗吧。"说完，拨弄了一会手机，亮屏递给了老黄。

诗的题目叫《烹小鲜》："本庶人，回归／闭门造美食，依抖音画葫芦，手不抖／食乃天，锅碗瓢盆，油盐酱醋／本是一家，亲密交响／选材，濯洗，切配，焯水／烤，炖，炒，蒸，熘，煎，均学／脑汁，时光，佐料，拿捏搭配／拙作出炉，色香味不赖／腰背疼，指肚有划伤／浑身烟火气／自我料理，调制一味成就感／宅家静心，上上计，乐烹小鲜／／咸咸淡淡，辣辛酸甜／皆是人生本味，不妨尝遍。"

老黄读了，立马明白了。这老兄弟士别三日，真得刮目相看呀。

明人又喝了一口酒，笑说："半退休的男人，出得了厅堂，下得了厨房，才是真男人。"

厨房里的烤箱叮咚一声响。明人起身，不一会儿，把一盘烤牛排用专用的铁夹，端上了桌。看上去，色面酥香脆嫩，新鲜。

老黄举起杯子，带点佩服的口吻说："为你华丽转身为一厨，干杯！"

杨柳弯弯

十月的上午，阳光暖融融的，小区河畔的那棵垂柳，在微风中轻轻摇曳。那位老妇人推着轮椅车上的男子，又出现在柳树下了。

老妇人身材匀称，衣着蓝色的碎花外套，穿一条藏青色的直筒长裤，显得优雅而精神。一头花白的头发，和脸上的皱褶，才让人看出年岁不小了。

她伏着身子，与轮椅上的男子，开始了惯常的语言训练。她一边大声说着，一边两手还不停地比画着。

明人站在窗口，可以听清老妇人的声音。她是在教男子：1加1等于2。男子的声音含混，嗯嗯啊啊的，回答得不无艰难。

明人看到过那位男子的脸。嘴脸歪斜着，口涎时不时淌下。老妇人总是耐心地用手绢为他擦拭。

半年之前，他见到的那男子的脸，是另一番模样：轮廓分明，五官端正，有几分英气。那身材也是属于挺拔修长型的，给明人的感觉是位成熟稳重的中年男子。

也就是半年前，明人听邻居说，隔壁单元的一个男子，五十岁左右，忽然中风了，楼内的居民和小区保安都迅速支援，男子被迅速送到附近的医院，抢救了几天，总算把命保住了。

几个月后，明人看见每天上午，阳光晴好的时候，这位老妇人就会推着轮椅上的男子，到河畔柳树下，或教他说话，或给他讲述着什么。微风徐徐，杨柳弯弯，老妇人不厌其烦，那神情也是慈爱温和的。

这位老妇人真不容易啊！明人已知晓，老妇人已过八旬，丈夫前两年刚病逝。那中年男子，他的儿子，又突发脑溢血，这是对她莫大的打击呀。

男子患病不久，小区物业还发起过一次慈善捐助活动，明人也捐了几百元。陪同物业统一把钱给了这位老妇人。也就是表达一份爱心。不料，老妇人婉拒了，她说她感谢大家的好意，她说她用不着这些钱，还掏出了五千元给物业，说把这些钱，一起用在更需要的居民身上吧。

老妇人轻声细语，笑容款款。明人他们劝慰的话涌到嘴边，也只能打住了。这是一位什么样的女性呢？听说她是一个大学老师，教哲学的，可以想象她年轻时，如杨柳柔美，婀娜多姿。如今面临这般磨难，仍从容淡定。

两天前，他知道了一个真相。

那天明人到某寺调研。在一位法师的引导下，来到一座黑铜观音殿。法师说，这是几年前新建的，当时寺庙正有这一计划。钱款三千万元，有一位香客知道了，对我们住持说，她儿子做外贸生意，赚了一些钱，要给她。这个殿，她就一个人捐了。明人察看了悬挂着的几块牌匾，都没见到捐赠人的姓名。法师介绍说，这位捐赠人说：

"不用写名字。捐三千万和捐三百元，功德是一样的。捐了，出了这门，我就放下了。如果写上，我就会老记着是我捐赠的。"

法师很健谈，了解到明人居住的小区，就眼睛一亮，说："那捐赠人和您是住一个小区的。前些天还来过呢。她儿子中风了。"

老妇人和她儿子的形象，立刻浮现在明人的眼前。

法师继续说道：她儿子中风了，原来的生意无以为继，大受影响，寺庙本来想给她筹点款，助她渡过难关。她坚决不要。

面对大家对她的同情，她说，她是幸运的。"儿子本来第二天要出国的，如果坐在飞机上发病，病情就一定会耽误了。此是一。二是我虽然八十岁了，但身体健朗，能够由我亲自照顾陪伴我儿子，教他重新说话，也教他努力站起，是好事呀。"

明人听到这，双眼都有些模糊了。他想走下去，有一种想和老妇人好好聊聊的欲望。真的，是什么支撑了这位历经沧桑的老人呢？！

风吹杨柳，杨柳弯弯。有一种柔韧和坚强，在眼前闪亮。

梦中的橄榄树

丁总刚在包房落座，郑总与一位高鼻子、蓝眼睛的老头走了进来。那洋老头比郑总高过了小半个身子。不过，郑总的精气神依然不减，只是他比往常愈显谦和了，对洋老头满是和颜悦色。

丁总犯疑了，说好是请自己的，要推心置腹地好好聊聊，为他释疑解惑，前一段时间的结扣，一直没能解开。怎么就拉了一个洋老头来凑热闹呢？他眉头微蹙，但面对着外人，而且是位老外，他又不便拉下脸来。

郑总说起来，也是丁总二十多年的朋友了，他们虽各自经商，并无多少合作，但时有往来。好多年前，在郑总花木经营遇到资金困难时，是丁总出手相助，从项目里抽调了大笔资金为他救急。郑总如今生意如火如荼，再怎么说，也是有他丁总一份功德的。可惜他没想到，他唯一一次开口，就遭到了郑总的婉拒。他实在是郁闷得很。

那天，在区里的民企座谈会上，丁总瞥见了郑总的身影，他故意躲开了。他不想理郑总。可他绕了一个圈子，却发现他的席卡偏偏与郑总紧挨在一起。他和郑总虽谈不上冤家，但至少是怨家，路也是这么窄。他硬着头皮坐下去，脸线是绷紧的。郑总朝他微笑点头。丁总不动声色，只是喉咙里轻轻"嗯"了一声，那声音估计只有自己感觉得到。郑总仍然谦和地一笑，想启齿说什么，又合上了嘴唇。整个会议中，他们都没有任何交谈。直到散会时，郑总对丁总说道："过些天给个机会，我请你，好好聊聊。相信你会理解。"他说得很真诚。丁总撇撇嘴，不置可否。他心里的火气，还像这秋老虎，凶猛得很呢！

方才，丁总到酒店前，又经过了玫瑰花园。那一片橄榄树像迎客松，排列得整整齐齐的，像是在欢迎他。

那些都是郑总从西班牙引进的，据说花费了三年时间。出口许可、报关、检疫、航运中转等等，郑总为此也操了不少心。

第一批橄榄树运到时，丁总就喜欢上了。那些都是上百年，有的是逾千年的古树。那两棵千年古树，尤其苍劲有力，高大茂盛，枝条上的树叶，四季青翠欲滴。尤其是它们的造型，像多手观音的手臂，自然地展现欢迎的姿势。真的神奇美妙。丁总心动了，并且已经想好了安排，脑海里一张美图舒展开来。

他想，郑总和他说过的："你想要什么树，尽管和我说。"他之前都没看上，这次开口，想必郑总会给自己面子的。至于什么价格，都好说。

没料到，他刚说了一半，郑总就摇头了。他瞪大了眼睛，望着郑总，一时说不上话来。可郑总只说了一句："这请丁总理解，这个我没办法做到，我得讲诚信。"

丁总懵了。这是什么话呢？诚信？理解？你怎么不理解我，又怎么不践行你对我说过的承诺呢？这些话他是含在嘴里的，没说出口。但他想得见，从自己的目光中，郑总能够完全感受到。

226

他是沉默着转身走的。不这样，显示不出他对此事的看重。从余光里，他看到郑总露出一丝无奈，想叫住自己，也欲言又止。

好朋友关系进入冰冻期，这是从未有过的。就为了一棵树，丁总想，原来友情也就是这么贱。不说自己曾在危难之时帮过他，就看这二十多年的交情，他也应该爽快应诺的。

有一阵，他们没有联系。

直到郑总这回三番五次地邀请，说梦中的橄榄树要开园了，无论如何，他要请丁总坐一坐，聊一聊。

丁总此时盯视着郑总和那位洋老头，心里嘀咕："你郑总今天摆的是什么龙门宴呀？还要让洋人来掺和！"

郑总似乎没有察觉他的表情，依然秉着老友的热情，向丁总主动伸出手，丁总有点迟疑。郑总几乎是牵拉了他的手，轻轻摇了摇，莞尔一笑。随即向他介绍："安东尼博士，从西班牙来。"又向安东尼介绍说，"这是我好朋友丁先生，成功的企业家。"

丁总不好意思了。安东尼则笑逐颜开："太高兴认识您了，我听郑先生谈过您，说您事业成功，为人豪爽，还曾经帮助过他。"

"是危难时刻，救助了我。"郑总翻译后，又补充了一句。

丁总不得不展颜一笑。他们这么赞扬，何况又面对陌生的老外，他必须有这个姿态。

坐下后，郑总说，这次安东尼博士特地从西班牙飞来，很不容易。落地后还隔离了三周时间。

安东尼博士笑着说："挺好的，我享到了贵宾的待遇。"

大家也跟着笑了起来。

"安东尼博士这次来这里，主要是来看看橄榄树移植的情况。还有就是，我还请他代我完成一个特殊任务，向丁总讲一个故事。"

"给我讲故事？"丁总有点丈二和尚摸不着头脑。

安东尼博士听懂了，笑眯眯地说："是的，讲故事，我会讲故事。"

在服务员端来清香的咖啡之后，安东尼博士就闸门大开，滔滔不绝地开讲了。

他说他们家原先住在法国，二战爆发，他们举家迁徙到了西班牙，投靠他的一位舅舅。这一路上十分艰难，父母带着他们五个孩子，几乎是一路乞讨。那时他只有两岁，最小。母亲实在忍不住了，几次想把他送给路上遇到的富人，都被父亲制止了。父亲说："我们全家在一起，一个都不能丢。"

到了西班牙巴利阿里群岛，那是靠临地中海的岛屿，安东尼一家安顿了下来。父亲种植了一片橄榄树林。全家一起靠着它们，改变了生计，生活开始如意起来。

有一次，当地一位富商出高价要买一棵树，想放到自己的别墅园内。父亲拒绝了，他说："你可以买成片的树去，一棵我不卖。我不能让它孤单。"

临终前，父亲再三告诫他们："不能把树一棵一棵卖了，它们都是我的孩子，应该在一起。"

最后，富商买了好几十棵，说把它们移种在一起，父亲才微微点头。

"后来，我的家人都牢记父亲的遗言，坚守着这片林子。

　　"这次郑先生来购树，我们家大大小小是一起商量的，要买至少三十棵，而且在一处种植，不可单独移种。这是最起码的条件。这也是符合父亲的遗言的。

　　"我这次来，看到它们都长得很好，而且，郑先生信守诺言，让它们始终在一起，我很高兴！父亲的在天之灵，也得以安慰了。"

　　安东尼博士说着，站起身来，向郑总鞠了一躬："我得用中国礼，表示我的感谢！"

　　郑总连忙站起身："不敢当，不敢当。这是我必须做到的。"

　　"我们全家人为什么同意移树到中国？因为中国是一个大国，中国人民爱好和平。永远和平是我们的梦呀，郑总给这片林子起名起得好：梦中的橄榄树！

　　"不过，丁先生，听说您想买一棵树，种植在你开发的小区门口，郑先生没答应你，你的这个梦，碎了，我表示遗憾。"

　　"不，不。安东尼先生，郑总的决定是对的。刚听了你的故事，我也想明白了。这些橄榄树应该在一起，一木不成林，何况，我们中国人不常说，守望相助，抱团取暖嘛！"

　　"对，对！我父亲也说的是这个意思。看来。我们的想法是一致的。"安东尼先生说。

　　"是呀，还有您说的永远的和平，也是我们，也是全世界人民共同的愿望！"郑总说道，"这也是我为这片林子起名'梦中的橄榄树'的最重要的含意。"

　　"梦中的橄榄树，是我们大家的！"安东尼先生重重强调了一句。郑总和丁总，都情不自禁地鼓起掌来！

老叶"下凡"

在公园邂逅老叶时，不是他唤了明人几声，明人还真没认出他来呢。瞧他头扣一顶鸭舌太阳帽，上穿白色老头汗衫，下套一件灰不溜秋的休闲裤，裤口悬在小腿处，说不清是七分还是八分裤，足蹬一双白色运动鞋，与他之前的形象迥然不同。这老叶，怎么回事呢？

前几个月，老友圈有人建议，趁疫情好转，全市无一处高、中风险地区，一起聚聚。这都是当年一个市里重要课题研究的共同参与者，或曰合作者。别人都呼应了，这老叶迟迟未露面。有人还直接点他，让他"冒个泡呀"，他也毫无反应。在一所法律大学工作的老叶，本来就清高、孤傲，前一阵子退休后就很少听到他讯息了。老友圈里，他也只是偶尔转发几个帖子，点评几个字，几乎也不和任何人交流。他这个课题组组长表示冷淡，大家聚碰的兴致也大受影响，至今也没聚成。

"你今天怎么这么休闲随意？"明人好奇地发问。

"都退休了，还这么拘谨干吗？"老叶呵呵地笑着，活动了一下腿脚。

"去年某个周末晚，在公园碰到你走路，你可是长裤长衫，穿着很正式呀。"

老叶眉毛一扬："那是过去，还不兴人家也有个变化？"如此调侃的语气，从老叶嘴里吐出，还真令明人吃惊不小。

公园是免费不免票。他们先后扫了码，进入了公园。没走几步，就有雨滴飘落。

明人说："哟，下雨了。忘了带伞了。"

老叶大步流星地走着："这点雨，怕什么？"

明人不好说了。这位老叶迈开腿，大幅度地甩臂，对雨滴似乎视若无睹。

"咦，你怎么不说话？"明人沉默着，老叶倒是问话了。

"哦，没什么呀，对了，你退休了，现在忙什么呢？老友聚会你也不应一声。"明人随便扯了一句。

"我告诉你呀，我现在挺忙的，比上班时都忙。"老叶的言语里没一丝玩笑的口吻。

他迎着明人诧异的目光，又强调了一句："真的，不骗你。我现在是社区志愿者协会副会长呢！"

明人突然想起来了："半年前，居委会找你，你不是推脱了吗？我听人说过。"

"哦，你消息挺灵通，当时我是坚决回绝了，我大学老师一枚，去做这种事，脸都拉不下来。"老叶直言道。

"你还回人家说，'这婆婆妈妈、一地鸡毛的事，就另请高明吧。'"明人又说。

"哎，你连这都知道呀。"轮到老叶惊讶了。

"你是有点名气的教授，这话一传就传开了。"明人说的是实诚话。

"这样呀。我当时心气高着呢，退下来，也好久放不下身架。"老叶说道。

这时，雨加密了，噼里啪啦的，都在地上砸出了声响。明人转颈，寻思哪有避雨之处，暂时躲一躲。

老叶在空中抓了一把雨："这点雨怕什么？我还嫌它小了呢！"

说着说着，老天像是知晓他的心事，也遂了他心事。雨，骤然滂沱。

老叶脸上堆满了笑，兴致高涨，甩开双臂，在雨中更欢快地暴走。明人也不好意思退却，一时也没见到避雨处，也硬着头皮，在雨中前行。

雨很快把他们的衣衫打湿了。老叶还干脆一把摘下帽子，高举着双手，孩童似的欢叫着。还高声朗诵苏东坡的《赤壁怀古》："大江东去，浪淘尽，千古风流人物。故垒西边，人道是，三国周郎赤壁。乱石穿空，惊涛拍岸，卷起千堆雪。江山如画，一时多少豪杰……"他如此豪情满怀，令明人也备受感染，不由得也随他一起朗诵起来。声调激昂而响亮。明人想起自己少年时，有过几次这般豪雨里的尽情欢畅。那时，少年豪气，在这淋漓酣畅的雨中，多么激荡澎湃。明人看着眼前的老叶——手舞足蹈的，顽童一样——更觉得他真变了个人似的。

雨间隙。明人把心中的疑问提了出来。

老叶重重地抹了一把头发上、脸庞上的雨水，说："实话告知，我是被一个少年教导开悟的。那天，也是在公园走路，忽然暴雨倾盆，我穿着长袖长裤，手臂护着脑袋，狼狈地逃窜。却听见一个十多岁的孩子，大声朗诵着一首诗。'莫听穿林打叶声，何妨吟啸且徐行。竹杖芒鞋轻胜马，谁怕？一蓑烟雨任平生。'我听出是苏东坡的词，再见他没撑伞，在雨中不急不缓地走着，突然有点不好意思。我这是不是真的老态龙钟了？想着想着，我也渐渐放慢了步子，也引吭高歌似的诵读，'老夫聊发少年狂，左牵黄，右擎苍……'在雨水清凉的洗刷中，我的心情难得地愉悦起来。"

"后来回家洗浴后，居委会又来找我，我竟一口答应了下来。这两个月给小区居民做了好多场法律辅导，还参加了小区好多活动，挺开心的。哦，对了，什么时候，我来召集一次，我们课题组一聚，都几年没聚了，是我责任，我将功补过。"老叶一口气说道。

"这有意义吗？"明人故意问道。

"当然有意义！"老叶回得干脆。

"不浪费你时间？"明人坏笑。

"当然喽，都是老朋友，叙叙旧。"老叶一脸认真。

"我说老叶，你真是变了，好比凤凰涅槃。"

"哪里，确切地说，我是老叶'下凡'！"说完，他先自大笑起来，头上、脸上的雨水，也震落了一些。明人想起老叶曾在老友圈发过的一个短视频，那是暴雨袭来，大雨倾盆时，一个小伙子露天站着，打着赤膊，挺着胸膛，吼叫着，任风雨汹涌而来。老叶点评了两个字："疯子。"明人禁不住也大笑起来。

艺术的名义

"您的作品我研究了好几周，真的很棒！真的是当下社会众生心态和世俗画。太接地气了！"老头推了推鼻梁上的变色镜，双眼炯炯有神，"比如那篇《LV女神》，写得太有意思了，最后的包袱抖得到位——后来富二代又在女神的手机里发现了秘密，有七个好友微信名和他一样，那是女神给他们起的，但每一个后边都有一个不同的序号。我读到这，禁不住就笑喷了。"

"还有那篇《明星班趣闻》，构思挺独特，把生活的现状和哲思，融合得天衣无缝，真是匠心独运呀。"

也不等明人开腔，老头还把《菜刀和剪刀》这篇微型小说，几乎一字不差地复述了一遍，这真让明人惊讶万分，乃至于生出了好感。

老头说："你这本《明人日记》就交给我吧，我把它们拍成一部部的微电影。拍成网络的艺术精品传奇。我会高成本地投入，愈高额的投资，愈能游刃有余，长袖善舞，拍出佳作来。这您放心，资金由我来筹措，你只要艺术上把把关。"

老头所言殷殷，明人心里也已波澜起伏。人家也算是知名的导演加出品人了，能够如此看重自己的作品，也是自己的一种荣耀了。他还能拒绝吗？

之前也有好几拨人找过明人，都看好《明人日记》，想和他合作。他们有的提出让他找人赞助些，或者，拉一个广告也可以，也有的让从单位公款里挪点资，他都断然拒绝了。公私分明是自己坚固的底线，这种交易，他是绝不会干的。

这老头所说的，明人心动了。后来，老头又面聊过一次，他为艺术奉献的雄心，真正拨动了明人的心弦。明人终于答应，授权这位老头制作拍摄。

老头也好高兴。签约那天，明人难得地举起酒盅，和老头碰了几杯。

老头也再三表示，要努力拍出有艺术水准的好作品。他提议，为了艺术再干一杯。明人已让人收走了自己的酒杯，但自己高兴，也不想扫了老人的兴，又让人拿上酒盅，斟满，碰杯，又一饮而尽。

酒酣耳热之际，两人自然而然地转移了话题，聊起了家常。

老头说，他有两位兄弟。一位当教师，一位在做安装工程。说到这儿，似乎很顺溜地过渡到这一句：什么时候，还请明人关照关照，给他弟弟找点项目。明人在位，不直接管项目，但总认识几位管项目的朋友吧？

老头这么一说，明人还没反应过来，只是顺着老头说："好说好说。"老头高声说了一句，说："好！为您这句话，来，我们再为艺术干一杯！"

明人回到家，刚坐下，想到刚才的那一幕，忽然感觉像吞吃了一只苍蝇，脊背也生凉了。他喝了一口热茶，定了定神，给老头发了一则微信："谢谢您的抬举。我决定，明人日记还是不拍了，作品还不成熟。为了艺术，我真诚地感谢您，也请您宽宏大量，予以理解。"

平常男女

学校有两位老师，一男一女，都是前两年留校工作的。一位姓K，算得上帅哥，和明星唐国强有些相像，只是身子还不挺拔，背有点微驼。另一位姓L，身材颀长，眉眼清秀，腰臀略显丰满。

两位老师，一位是电化实验室的负责人。其实实验室就两人——老师和他的助手。不过，别小看了这小实验室，许多新的电化用品，都由这位老师管辖，这在二十世纪八十年代初，还是挺令人羡慕的。比如当年的进口音视频设备，还有摄像器材，他都玩得很尽兴。没他同意，你可能见都没资格见。他的吸引力，对年轻人来说，是不容置疑的。

女老师呢，是教体育的。可她柔美的气息，还是展现出了一种女性魅力。

那年明人和其他几位同学也留校工作了。这两位老师自然是他们关注的学长。

那些日子，明人他们都住校，晚上生活难免枯燥。碰巧有一部海外的电视连视剧正在热播。明人和另一位Q姓同学加同事，在夜晚几次去实验室观看。晚上也就K老师在，实验室有电视机。K老师也蛮热情。但这天晚上，实验室门紧闭。Q兄说，门下分明有灯光逸出，敲了几次门，却不见任何回音。明人和Q兄都有点失望。追剧的热望受挫，不是个滋味。

他们悻悻离开时，Q兄咬了咬明人耳朵："我发现，K与L在里面，先前我没敲门时，还贴着门，倾听了一会，听见里面有声。"明人说："你是不是听岔了？"Q兄信誓旦旦地说："绝对没有。而且，我告诉你，你千万别说出去。他们在谈恋爱。"明人听了有点吃惊，因为他听说K老师正在办移居他国手续，L老师似乎也有对象。他们谈恋爱，似不太可能。

可是又有什么不可能呢？他俩看上去也挺般配的呀。明人想。

一阵日子过后，听说K老师的移居手续办差不多了。明人也发觉，L老师晚上经常到K老师的办公室，又很快闪进了实验室。门窗紧闭，灯光不现。他们是热恋到了难舍难分的阶段吧？Q兄与明人调侃。明人笑说："你眼馋了吧？"

关于K与L的新闻，不知怎么就在校园传开了。有的人断定他们好不长，有的人也像明人一样，由衷地在心里祝福他们。

明人甚至想，都这样热络了，在一起，多好呢！

这时，Q兄打赌似的对明人说："你相信不相信？他们好不了，长不了。"

明人斥骂他："你这个乌鸦嘴！"果然，不幸被言中，K老师出国去了。几天后见到L老师，她似乎有些憔悴了。

应该是分别让她有所受伤了。明人想，这K老师，也太硬心肠了。

但不久，K老师竟然又回来了，说是可能那边有什么没落实，他只得返回了。

实验室还是给他留着位。K老师和L老师也似乎又热络了。但仍然像以前一样，悄然无声的，但许多同事都感觉到了。

他们应该在一起。完全可以光明正大地恋爱呀。私下里，大家议论道。因为这个原因，只要L老师也来K老师处了，明人他们也都会知趣地告退。

翌年春天，明人调离了学校。当年冬天，他听说K老师正式出国了。没两年，L老师也终于结婚了。

Q兄和明人谈起这个话题时，还对他们的这种关系颇有微词。

明人说："平常男女罢了。很正常。"

散步

明人和同学顾在散步。晚春的日子，天气有点寒凉，南方人叫这时令为倒春寒。他们掖紧了外套，顾同学突然想起了什么，拨了手机，等了蛮长时间，才接通了：“哎，老爸，你在干什么呢？……哦，在散步呀，散步好，你在哪散步呢？在哪？哦，世纪公园呀，好的。你当心点哦。挺冷的，保暖呀，多喝点温开水。我挂了哦。”

“你父亲吗？”明人问。

“是呀，老人就像小孩，得常关照提醒。”同学顾脸上透着些许无奈。明人知道他母亲故世早，是父亲把他拉扯大的。

“你晓得，我父亲退休不到一年，本来还是单位的老积极，一退，就没事干了。他文化水平也不高，也没有个琴棋书画类似的爱好，打牌也不习惯，就一个人老是待家里。”顾同学叙述着，眉头也微蹙着。

“我每天都会打个电话问候他。起先，问他在干吗，每次都说在看电视。有几次我去看他，轻轻开门进屋，电视机果然打开着，他窝在沙发上，头耷拉着，竟然在打瞌睡。我对他说：‘这样不行，你得动动身子骨。’他说他动的呀，收拾收拾屋子，总是可以算的吧。

过些日子，我发现，他整理衣橱，又坐了老半天，有时抱着叠了一半的衣服，就瞌睡上了。我觉得这不好，便让他每天都外出走走。他接受了，开始出外散步了。他只要在散步，我就放心了。"顾同学眼缝里溢出了一丝笑意。明人想象到，每逢电话打过去，老人回说："我在散步呢！"顾同学那如释重负的神情。散步总比一个人窝在家里好吧。"对，你多散散步，散步好，散步好。"顾同学是孝子呀，他还给父亲配了个喝茶的小保温杯，密封保温，可以揣在裤装里。

"他说他现在在世纪公园吗？拐个弯就是，我们进去看看吧。"明人提议道。

"我也正有其意，怕耽误你呢。"顾问学高兴了，"那抓紧过去看看吧。"

他没再打电话给父亲。他说要给父亲一个惊喜。

世纪公园挺大。他们腿快，绕了半圈，就在一条两边栽满苹果树的小道上，看见了顾同学的老父亲。

老父亲裹着一件厚棉袄，头箍着一顶绒线帽，坐靠在木椅上，竟然歪着头睡着了。一张嘴半开半合，有口涎从嘴角无声地流下。

微风仍显刺骨。顾同学推醒了父亲："你怎么在这里就睡了？"

"我……我……我是在散步呀！"老人双眼略显惶怵，对儿子的突然出现，似乎有点意想不到。

"赶紧起来，喝点温水，回家。"顾同学的嗓音都有点喑哑了。

明人发现他的眼睛有泪花一闪。